「이런 기분은…… 처음이에요……」

「나를……어떻게 생각하실까……?」

I got a cheat ability in a different world, and
became extraordinary even in the real world.

~레벨업이 인생을 바꿨다~

이세계에서 치트 스킬을 얻은 나는 현실 세계에서도 무쌍한다

Item 절창(絕槍)

신창을 초월한, 유일무이한 창. 뭐든지 꿰뚫을 수 있다. 던지면 표적에 반드시 명중하고, 주인의 손으로 돌아온다.

Item 무한의 토시

타격의 위력이 강해지고, 방어구도 된다. 부서지지 않는 최강의 건틀릿. 일격이 무한의 공격으로 증폭된다.

Item 무궁(無弓)

형태가 없는 궁극의 활. 계약자의 의지에 따라 화살을 무한정 생성한다. 계약자가 원하는 것을 반드시 맞힌다.

Item 전검(全劍)

모든 검의 정점. 그 칼날은 탁해지지 않고 빛나며, 언제나 최고의 상태로 유지된다. 무엇이든지 벨 수 있다.

레벨업과
치트 아이템

「아이템이 죄다 치트급이네……」

Item 흡혈귀의 갑옷

블러디 오거의 드롭 아이템. 그 소재는 강인한 블러드 오거의 근섬유와 피부. 어지간한 공격으로는 이 갑옷에 흠집 하나 낼 수 없다.

Item 사겸(死鎌)

죽음의 사자도 죽이는 거대한 낫. 계약자가 바라는 모든 것을 가른다. 이것에 베이면 작은 상처라도 치명상이 된다.

아르세리아 왕국 【대마경】에서

「──괜찮아?!」

나는 전력으로 달려가 그대로 체중을 전부 실어서 고블린 제너럴의 검을 걸어찼다.

「으라차!」

「끄억?!」

전속력을 다한 일격이라서 고블린 제너럴은 훅 날아갔다.

「다……당신은 대체……?」

현실 세계 :: 일보 Real World

Character

호죠 카오리

엘리트 학교 오세이 학원 이사장의 딸이자 오세이 학원 학생. 전에 거리에서 불량배에게 붙잡힌 것을 유야가 구해줘서 적잖은 호감이 있다.

「저…… 아버지 말고 다른 남자와…… 처음 손을 잡아 봐요……」

「으…… 그렇게 얼굴이 빨갤게요?」

「근육이 진짜 안 생겨. 봐봐, 말랑말랑하지?」

Character

미우

한창 뜨고 있는 패션모델. 독자 모델로 활동 제안을 받은 유야와 함께 촬영에 임하게 된다.

Character

카자마 카에데

오세이 학원에 다니는 생기발랄 여학생. 신체 접촉이 많아서 유야를 쩔쩔매게 하는 일이 많다.

텐죠 유야

학대와 괴롭힘 때문에 삶에
절망했던 소년. 이세계로 통
하는 문을 찾고, 그 세계에
서 레벨을 올린 끝에 최강의
신체 능력을 지닌 완벽한 소
년으로 변모한다.

「밥소사
레벨업
효과가 너무 끝내주잖아」

「그분은 누구실까……
다시 뵐 수만 있다면……」

렉시아
폰 아르세리아

아르세리아 왕녀. 자신의 출신
과 어떤 사건 때문에 주위 귀족
들이 멀리한다. 자객이 습격했
을 때 이세계를 모험 중이던 유
야와 마주친다.

「『오세이 학원』에
오신 걸 환영해요!」

Contents

I got a cheat ability in a different world,
and became extraordinary even in the real world.

003		프롤로그
011	제1장	이세계로
054	제2장	레벨업 효과
076	제3장	이세계 사람
103	제4장	인생의 변화
149	제5장	오세이 학원
197	제6장	새로운 생활
230	제7장	용기를 낸 한걸음
255		에필로그
262		후기

I got a cheat ability in a different world,
and became extraordinary even in the real world.

Miku   illustration:Rein Kuwashima

이세계에서 치트 스킬을 얻은 나는 현실 세계에서도 무쌍한다
~레벨업이 인생을 바꿨다~

표지 · 본문 일러스트
쿠와시마 레인

프롤로그

나── 텐죠 유야는, 괴롭힘을 당하고 있다.

그것도, 어제오늘 시작된 일이 아니다.

옛날부터…… 유치원에 다닐 때부터, 괴롭힘을 당했다.

그만해 달라고 아무리 애원해도, 더욱 즐겁게 괴롭혔다. 선생님에게 호소해도 들은 척하지 않았다.

그것만이 아니라, 전부 내 잘못인 것처럼 되었다.

학교에서 그런 취급을 당했다면 그나마 나았을 것이다.

그러나 나는 가족에게도 사랑받지 못했다.

태어난 직후에는 귀여움을 받았을 것이다.

부모님에게는 첫 자식이니 말이다.

하지만 결국 그게 전부였다.

내 의지와는 상관없이 흉측해지는 얼굴.

일반적인 양으로 밥을 먹는데도 몸은 점점 뚱뚱해졌다.

운동해서 살을 빼려고 한 적도 있다.

하지만 그런 나를 비웃듯 체중은 늘어만 갔다.

식사하는 양이 바뀌지도 않았는데 말이다.

병에 걸린 걸지도 모른다.

그렇게 생각했을 때…… 부모님의 애정은 완전히 식었다.

쌍둥이 동생이 태어난 것이다.

부모님은 나와 다르게 외모가 좋은 동생들에게 애정을 듬뿍 쏟았다.

그 후로 내 처지는 완전히 달라졌다.

쌍둥이 동생만 좋은 것을 먹고, 나는 전날에 남은 것을 받았다.

먹을 것을 주기는 하니까 다행일지도 모른다. 하지만 잔반이거나 소비기한이 지난 것이 나의 주된 식사였다.

빨래도 쌍둥이 동생의 옷이 더러워진다는 이유로 따로 빨게 되었으며, 나중에는 수도요금이 아깝다는 이유로 내 옷을 방치했다.

그래서 초등학교 시절의 나는 항상 공원 수돗가에서 옷을 빨았다.

옷도 쌍둥이 동생에게는 새것을 사줬지만, 나는 항상 낡은 옷이었다.

초중고 동안에 학교에 다닐 때 쓰는 가방도 나만 낡은 것을 썼지만, 쌍둥이 동생은 항상 새것이었다.

동생들은 나보다 한 살 어렸고, 그 바람에 나는 유치원에 들어갔을 때부터 많은 것을 내 손으로 직접 해야만 했다.

정말 부러웠다.

나는 아무것도 하지 않았다……. 아니, 아무것도 안 한 것이 문제였을까?

내가 아무리 호소해도, 부모님은 내 목소리를 들은 척하지 않았다.

그래서 내가 병에 걸린 것 같을 때도 병원에 안 데려갔다.

일단 최소한의 식사를 주니까 그나마 나은 편일지도 모른다.

설령 부모님이 다른 사람들의 눈을 신경 써서 그랬을 뿐이라도 말이다.

——하지만 그런 나를 상냥하게 대해 주는 사람도 있었다.

돌아가신 할아버지다.

다양한 곳에 가서 괴상한 기념품을 챙겨서 돌아오는 할아버지는 평소 집에 있지 않았다.

하지만 돌아온 할아버지는 못난 나를 항상 귀여워해 주셨다.

쌍둥이 동생보다도 나를 더 귀여워해 주셨다.

그런 할아버지도 옛날부터 여기저기 돌아다니며 이상한 것만 모으는 괴짜로 알려져 있었고, 부모님도 그런 할아버지를 질색했다.

할아버지는 우리 집 근처에 사셔서, 초등학교에 들어간 할아버지가 집에 계실 때마다 놀러 갔다.

내 처지에 분개한 할아버지가 주위에 항의해도, 내 외모와 할아버지를 괴짜 취급하는 주위의 목소리에 전부 무시되었다.

그렇게 나를 아껴 주셨던 할아버지도…… 돌아가셨다.

『유야. 절대로 지지 말거라. 괜찮단다. 아무리 괴로운 일이 있어도, 웃다 보면 행복이 찾아온단다. 언젠가, 너한테 심한 짓을 한 것들의 콧대를 눌러 줄 수 있을 만큼 말이다. 그리고…… 너는 남은 인생이 기니까. 그 인생에서, 조바심 내지 말고 천천히 너 자신에 대해 생각해 봐라. 괜찮아. 너라면 할 수 있단다.』

나에게 그런 말을 남기고, 할아버지는 숨을 거뒀다.

게다가 할아버지는 자기 집과 재산을 나에게 물려주셨다.

물론 부모님은 중간에서 가로채려고 했지만, 할아버지가 미리 철저하게 손을 쓴 덕분에 그러지 못했다.

하지만 그 결과, 부모님은 나를 키우는 것을 완전히 포기했다.

뭐, 당연한 결과일지도 모른다.

그래서 나는 집에서 나온 후, 할아버지의 집에서 살게 되었다.

할아버지의 재산은 많지 않았고, 부모님에게 지원받지도 못했다.

하지만 할아버지는 내가 고등학교에 진학할 수 있도록, 중고 등학교 과정을 무난하게 올라갈 수 있는 학교에 입학할 돈을 남겨 주셨다.

그런 할아버지 덕분에 학비는 댈 수 있엇지만, 생활비는 할아 버지가 남겨준 돈만으로 부족했다. 그래서 아르바이트를 하면 서 하루하루 생활하고 있다.

그리고 현재, 나는 서두르지 않으면 아르바이트 출근 시간에 늦는 상황인데도 체육관 뒤로 끌려갔다.

여기서 당하는 일이라면——.

"뚱땡이 주제에 건방져!"

"커억?!"

집단 폭행이었다.

주먹질과 발길질이 이어졌다.

숨만 겨우 쉴 수 있는 상황에서, 가난한 나는 항상 점심을 굶는 탓에 입에서 위액만 나왔다.

금방 폭력이 질린 건지, 이 집단 괴롭힘의 주동자이자 같은 반 학생이 아라키 타케시가 기침을 하는 내 머리카락을 움켜쥐며 얼굴을 들어 올렸다.

아라키는 이른바 일진 학생이며, 금발에 피어싱까지 했다.

입고 있는 교복도 개조했고, 본인은 학교 주변에서 활동하는 【레드 오거】란 불량 서클 소속이라고 한다.

"커억! 쿨릭!"

"어이, 뚱땡이. 너, 작작 좀 우쭐대. 너는 원할 때 때려도 되는 샌드백이야. 샌드백 주제에…… 멋대로 가지 말라고!"

"크으?!"

내 안면에, 날카로운 무릎 차기가 꽂혔다.

코피가 멎지 않는다. 얼굴이 너무 아팠다.

"야, 아라키. 얼굴을 때리지 마. 상처가 남는다고."

"괜찮아. 누가 이딴 쓰레기 면상을 보겠어."

"꺄하하하! 웃겨 죽겠네~!"

화려하게 꾸민 여자가 내 모습을 스마트폰으로 찍어댔다.

그 모습을 본 아라키는 뭔가 떠올린 것처럼 사악하게 웃었다.

"그래. 기왕 사진 찍을 거면 발가벗겨서 찍을까?"

"어! 그거 좋네! 그럼 사람을 더 모아 볼까~."

"좋아, 알고 지내는 애들 모두한테 메시지 보내야지~."

"윽?! 아, 안 돼……."

"입 놀리지 말라고, 쓰레기야!"

"크억?!"

또, 내 얼굴이 발차기가 꽂혔다.

의식이 몽롱해지면서 금방이라도 기절할 것 같지만, 의식을 잃었다간 무슨 짓을 당할지 알 수 없다.

그러나 무력한 내가 할 수 있는 일은 없었고, 아라키 패거리가 부른 사람들이 이곳에 모여들었다.

"어이어이, 재미있는 일이 있대서 와 봤더니……."

"쓰레기의 면상을 볼 줄은 몰랐네."

느닷없이 들려온 차가운 목소리에 어찌어찌 고개를 돌려보니, 그곳에는 마치 판박이처럼 곱상하게 생긴 남매가 서 있었다.

──텐죠 요타와 텐죠 소라…… 즉, 내 동생들이다.

나보다 한 살 어려서 중학교 시절부터 때때로 마주쳤지만, 그때마다 멸시하는 눈으로 나를 봤다.

나는 올해 고등학교 1학년이 되고, 두 사람은 중학교 3학년이 된다. 그래도 얼굴을 마주치는 일이 생길지 모른다.

이런 건물 뒤 으슥한 곳에는 딱히 올 일이 없겠지만, 오늘은 아라키가 부른 것 같았다.

"어? 요타, 이 자식을 아냐?"

"아, 네. 인정하고 싶진 않지만, 일단 친형……이에요."

"혀엉?! 와, 진짜?! 푸하하하하하! 하나도 안 닮았거든?!"

아라키는 나를 쳐다보며 폭소를 터뜨렸다.

"뭐, 서류상의 관계일 뿐이니 아무래도 상관없지만요."

"흐음, 그래……. 뭐, 좋아. 오늘은 재미있게 놀라고."

그런 대화가 오간 후, 나는 사람이 스무 명 남짓 모인 자리에서 아라키 패거리에 의해 알몸이 되었다.

필사적으로 저항하며 봐달라고 빌었지만, 그때마다 두들겨 맞은 나는 결국 옷이 전부 벗겨졌다.

"꺄하하하하하하!"

"야, 가리지 말라고!"

"되게 볼품없는 몸뚱아리네!"

주위에서 쏟아지는 모욕과 차가운 시선. 분하고 수치스러운 마음을, 입술을 깨물며 필사적으로 참았다.

잠시 사진 찍는 소리가 주위를 가득 채우더니, 아라키는 모인 사람들에게 말했다.

"오늘은 와 줘서 고마워! 그럼 슬슬 끝내 보실까!"

그리고 나를 향해 돌아서고 씩 웃더니——.

"야! 날아봐, 뚱땡이!"

"크억?!"

강력한 일격이 턱에 작렬하자, 나는 볼품없이 튕겨 날아간 후에 그대로 기절했다.

정신을 차렸을 때는 주위에 아무도 없었고, 하늘에는 달이 떠 있었다.

짐을 살펴보니 얼마 안 되던 돈은 빼앗겼고, 교과서는 찢어졌으며, 벗겨진 옷은 흙으로 범벅이 되어 있었다.

"으…… 큭…… 으으…… ."

눈물을 필사적으로 참아봤지만, 너무 비참해서 점점 더 괴로워졌다.

할아버지. 나, 어떻게 하면 돼……?

이것이, 나의―― 일상이었다.

제1장 이세계로

힘든 나날을 극복한 나는 현재 평화로운 하루를 만끽했다.

중학교 졸업식이 끝나고, 고등학교 입학 때까지 짧은 방학에 접어든 것이다.

원래는 이 짧은 방학 동안에도 일할 예정이었지만, 그러지도 못하게 되었다.

이유는 바로 일전의 집단 폭행이다.

그날은 결국 출근하지 못하는 바람에 무단결근을 하게 되었고, 다른 일터에서는 온몸에 난 상처 때문에 잘렸다.

불합리하다는 생각에 정말 분했지만, 지금의 나는 어찌할 방법이 없었다.

방학 동안 체력 단련이라도 해 볼까? 그런다고 뭔가가 달라질 것 같지는 않지만.

이것저것 생각해 봤지만, 일단 새로운 일자리부터 찾아야 한다.

그래도 시간이 조금 생겼으니 오래간만에 집을 청소해야겠다.

그렇게 생각한 나는 걸레와 청소기를 준비해서 대청소를 시작했다.

평소에도 청소하지만, 대청소를 해 보니 매우 더러웠다.

게다가 할아버지의 집은 꽤 넓기에 이런 기회가 없으면 모든 방을 청소하는 건 어려웠다.

아니다. 나도 안다. 이건 현실도피다…….

칙칙한 감정에 사로잡힌 채 양동이 안의 물을 갈기 위해 세면장에 가자, 거울에 비친 자기 얼굴이 좋든 싫든 눈에 들어왔다.

가늘고 작은 눈. 콧구멍이 작은 들창코. 하관이 커서 광대뼈가 드러나지만, 얼굴에는 살집이 붙고 여드름과 주근깨로 뒤덮여 있었다.

두꺼운 입술과 치열이 고르지 못한 입.

머리숱도 적어서, 살짝 벗겨진 느낌이다.

이게, 내 얼굴.

부모님과도, 쌍둥이 동생들과도 닮지 않은, 내 얼굴.

그것을 보자, 속에 쌓인 것이 치밀어올랐다.

"아……아아아……아아아아아아아아아아아아아아앗!"

몇 번이고, 몇 번이고 거울을 때렸다.

필사적으로 내 앞의 존재를 없애려고, 나는 손에서 피가 나는 것도 아랑곳하지 않고 계속 주먹질했다.

그리고 양동이를 번쩍 들어서 집어던지자, 거울은 허무하게 깨졌다.

"헉……헉……."

거울이 깨지자 조금 진정되었지만, 내 가슴속 응어리는 가시지 않았다.

바닥에는 깨진 거울 조각과 내 피가 튀었다.

……제아무리 아우성을 쳐 봤자, 내 상황은 변하지 않는다.

가능하다면 성형수술을 받고 싶다.

하지만 나는 돈이 없으므로, 이러지도 저러지도 못한다.

생활비를 버는 것도 버거울 지경이다.

어두운 현실을 보면서, 내 마음은 우울해지기만 했다.

――나는 대체, 무엇이 되고 싶은 걸까.

지금의 나에게, 미래는 보이지 않았다. 취직도 제대로 못 할 것이다.

현재를 사는 게 필사적이라, 장래에 무언가 되고 싶다는 꿈을 생각할 수가 없었다.

꿈……. 꿈인가……. 어차피 꿈이 생겨도 나에게는 무의미할 것이다.

지금의 나에게는 꿈을 이룰 능력도, 기력도 없으니까…….

"젠장!"

자기 자신의 무력함에 짜증이 난 내가 벽에 대고 힘껏 주먹질 한―― 바로 그 순간.

"어……?!"

갑자기 벽이 비밀 문처럼 회전하더니, 내가 모르는 방이 눈앞에 나타났다.

"이……이게, 뭐야…….”

이제까지 할아버지 집에서 살았지만, 이런 방은 본 적이 없다.

"왜 이런 방이…….”

정체 모를 밀실을 발견하고 처음에는 경계했지만, 금방 호기심에 사로잡힌 나는 어느새 그 방에 들어갔다.

"여기는……."

그곳은 할아버지가 세계를 돌아다니면서 수집한 물건들이 있는 방이었다.

할아버지는 세계 방방곡곡을 돌아다니며 이것저것 사들였는데, 그것을 어디 두는지는 나도 몰랐다.

그래서 이런 밀실 같은 장소에 그 물건들이 있다는 사실을 알고 정말 놀랐다.

넋이 나가서 눈 앞에 펼쳐진 전 세계의 물건을 바라보고 있을 때, 나는 문득 기묘한 감각에 사로잡혔다.

"대, 대체 뭐야……?"

이제까지 느껴보지 못한 감각에 당황하면서도, 그 감각에 이끌리듯 방 안을 나아갔다.

그러자 옛날에 할아버지가 보여줬던 물건과 완전히 처음 보는 물건 등, 여러 가지 물건들이 눈에 들어왔다.

"저 가면은 뭘까? 귀신 같아서 섬뜩해…… 어? 저건…… 무슨 인형이지?"

귀신 같은 가면과 나보다 커다란 마네킹 같은 물건.

그 밖에도 농구공만 한 빨강 정육면체와 어떤 원리인지는 몰라도 받침대 위에서 빙글빙글 도는 이상한 돌.

그중에는 이집트의 파라오가 있을 법한 커다란 관도 있었다.

주위 물건을 둘러보며 걷고 있을 때, 나는 아까 든 느낌이 나를 부르고 있다는 사실을 눈치챘다.

 그 느낌에 이끌리듯, 안쪽으로 계속 나아갔다.

 할아버지가 이걸 다 모았구나…….

 옛날에는 할아버지가 자랑해 줬지만, 나는 그게 얼마나 대단한 것인지 알 수 없었다. 그런 할아버지와의 소소한 추억이 머릿속에 떠오르자, 나는 또 눈물이 날 것 같았다.

 할아버지가 모은 물건은 용도를 알 수 없는 게 대부분이었고, 지금 와서는 잡동사니나 다름없었다. 할아버지가 계셨다면 이것저것 알려주셨을 텐데…….

 "이건, 어떻게 하지…… 어?"

 이 물건들을 만졌다가 무슨 일이라도 일어나면 무서울 것 같다고 생각했을 때, 문득 안쪽에 놓여 있는 물건에 눈이 갔다.

 그것은 마치 벽에서 뜯어낸 듯한 형태의, 문이었다.

 나무로 된 그 문에는 커다란 부엉이가 조각되어 있었으며, 가장자리의 나무 부분에도 조각이 있었다.

 "이것도 외국에서 가지고 온 걸까……?"

 이 문을?

 만약 가지고 돌아온 거라면, 어디의 문일까.

 뭐, 문이니까 열어 봤자 뒤에 있는 벽만 보일 것이다.

 하지만 나는 그 문을 본 순간, 아까부터 들었던 있던 기묘한 느낌이 강해졌다.

 "설마…… 저 문이……?"

 나는 눈앞의 문을 처음 봤다.

하지만 내 눈과 의식은 그 문에서 떨어지지 못했다.

이 문이 바로 나를 부른 것일까…….

"저 문에 뭔가가 있는 걸까?"

그렇게 생각하면서 문의 손잡이를 잡고 열어 보니——.

"…………어?"

그곳은, 낯선 방이었다.

내부는 통나무집 같은데, 나무로 된 커다란 테이블과 의자 하나, 옷장이 있었다. 그리고 검과 도끼를 비롯한 무기가 무수히 많이 놓여 있었다.

"어? 어라?"

영문 모를 상황에 직면한 내 머릿속은 펑크 나기 직전이었다.

바로 그때, 갑자기 눈앞에 반투명한 보드 같은 것이 출현했다.

"우와앗?!"

너무 갑작스럽게 나타났기에, 나는 한심한 소리를 내며 엉덩방아를 찧고 말았다.

하지만 반투명 보드 또한 그런 내 눈높이로 이동했다.

"이, 이게, 뭐야……."

당황한 내가 눈앞에 출현한 반투명 보드를 쳐다보고 있을 때, 그곳에는 이렇게 적혀 있었다.

『스킬 【감정】을 획득했습니다. 스킬 【인내】를 획득했습니다. 칭호 【문의 주인】을 획득했습니다. 칭호 【집의 주인】을 획득했습니다. 칭호 【이세계 사람】을 획득했습니다. 칭호 【처음으로 이세계를 방문한 자】를 획득했습니다.』

"어?"

마치 게임 메시지 같은 것이 표시되었다.

가, 감정? 인내? 게다가 이세계라니…….

일단 몸을 일으킨 나는 일단 원래 집으로 돌아가서 문 주위를 확인했다.

"여, 역시 이어진 곳이 없지?"

문 뒤편을 확인해 봤지만, 우리 집의 벽만 있었다.

하지만 문 너머에는 낯선 통나무집 같은 방이 펼쳐져 있었다.

"진짜로 뭐냐고……."

이 문은 대체…….

그렇게 생각한 순간, 어느새 사라진 반투명 보드가 다시 출현했다.

【이세계로 이어지는 문】…… 갑자기 지구에 출현한, 어딘가의 이세계와 이어진 문. 어째서 출현한 건지, 어떻게 출현한 건지는 신들도 모른다. 어디로 이어졌는지는 알 수 없으며, 한번 이세계와 이어지면 고정된다. 주인이 된 자는 다양한 기능을 다룰 수 있게 된다. 파괴 불가.

뜻밖에도, 문의 정체를 느닷없이 알게 되었다.

아니, 알게 된 건 좋지만 말도 안 되는 내용인걸!

그제야 냉정해진 나는 해답에 도달했다.

"혹시…… 스킬【감정】덕분인가?"

아니, 하지만…… 여기는 통나무집 느낌의 방이 아니라, 우리 집이다.

잠깐만? 그렇다면 왜 내 눈앞에 이런 영문 모를 보드가 출현한 거지?

"아무리 생각해도 모르겠는데…… 스킬 같은 건 확인할 수 없을까?"

내가 무심코 중얼거리자 또 보드가 출현하더니 이런 내용이 표시되었다.

【감정】……다양한 것을 감정하는 스킬.

【인내】……상태 이상과 정신 간섭, 혹은 육체적 고통에 뛰어난 내성을 얻는다.

"진짜로 나왔어."

이걸로 확실해졌다. 아까 문을 조사할 수 있었던 것은 이 【감정】이란 스킬 덕분이리라.

그건 그렇고…… 갈수록 현실과 멀어지고 있는걸.

"그럼, 칭호도 조사할 수 있을까?"

거의 확신한 상태로 중얼거리자, 아니나 다를까 메시지가 출현했다.

【문의 주인】……이세계와 이어진 문의 주인. 메뉴 기능을 사용할 수 있다.

【집의 주인】……과거, 현자가 살았던 집의 새로운 주인. 집의 소유권을 얻는다.

【이세계 사람】……이세계의 인간. 평범한 자들보다 경험치를 많이 얻으며, 특수한 성장을 한다. 또한, 스킬을 쉽게 습득한다. 레벨 상한도 없어진다.

【처음으로 이세계를 방문한 자】……처음으로 이세계를 방문한 자. 다른 칭호인 【개척자】의 효과보다도 스킬과 마법을 발명하기 쉽다. 성장 과정에서, 좋은 방향으로 성장한다. 또한, 【아이템 박스】를 쓸 수 있게 된다.

"오오."

잘 모르겠지만, 왠지 대단한 것 같다.

【처음으로 이세계를 방문한 자】는 다른 칭호인 【개척자】라는 것보다 우수한 것 같으며, 【아이템 박스】라는 것을 쓸 수 있는 것 같았다. ……【아이템 박스】가 뭐지?

게다가 【집의 주인】이라는 칭호 부분도 잘 이해가 안 된다. 어느 집을 말하는 걸까?

그런 생각을 하고 있을 때, 【문의 주인】의 설명에 적혀 있던 메뉴 기능이라는 부분에 눈치챘다.

"메뉴 기능? 이건 대체…… 어, 우왓?!"

또, 다른 메시지가 눈앞에 표시되었다.

【이세계로 이어지는 문】
소유자 : 텐죠 유야
기능 : 《환금》, 《전송》, 《입장 제한》

메시지는 이런 내용이었다.

"환금? 뭔가를 돈으로 바꿀 수 있는 걸까? 게다가 전송과 입장 제한이라……."

모든 항목에 관심을 보이고 있을 때, 자세한 설명으로 메시지가 변경되었다.

【환금】……온갖 물건을 돈으로 환금할 수 있다.

【전송】……소유자의 현재 위치에 문을 출현시킬 수 있다.

【입장 제한】……소유자가 지정한 인물만 문을 통과한다.

"생각한 것보다 훨씬 고성능이네!"

　즉, 설령 누군가가 이 장소를 발견해도 문을 통과할 수 없다.

　게다가 이 문을 누가 훔쳐도, 내게 돌아온다는 듯하다…….

"환금은 어디에 쓰는 건지 잘 모르겠지만, 있어서 나쁠 건 없을 테니 일단 그냥 두자."

　그것보다, 이렇게 게임 느낌이 나는 전개라면 스테이터스 같은 것도 볼 수 있지 않을까?

　두근거리는 마음으로 그렇게 생각하고 있을 때, 눈앞에 새로운 메시지가 표시되었다.

【텐죠 유야】

직업:없음, 레벨:1, 마력:1, 공격력:1, 방어력:1, 민첩력:1, 지력:1, 운:1, BP :0

스킬:《감정》, 《인내》, 《아이템 박스》

칭호:《문의 주인》, 《집의 주인》, 《이세계 사람》, 《처음으로 이세계를 방문한 자》

　절망했다.

설마, 스테이터스가 전부 1이라니…… 학교 성적도 이렇게 나쁘지는 않았는데…….

뭐, 예상은 했지만 말이야.

그것보다, 이 BP는 뭐지?

【아이템 박스】도 왠지 스킬 란에 추가되어 있고…….

【BP】……보너스 포인트의 약칭. 레벨업 때 10포인트 받을 수 있으며, 원하는 스테이터스에 분배할 수 있다. 단, 이세계인의 경우에는 10포인트가 아니라 20포인트 받는다. 칭호 【처음으로 이세계를 방문한 자】를 지닌 경우, BP는 100포인트 받을 수 있다.

【아이템 박스】……특수한 공간을 생성해 원하는 물건을 꺼내거나 넣을 수 있다. 단, 생물을 수납할 수는 없다. 용량 한계는 없으며, 크기도 가리지 않는다.

"오오……."

일단 스테이터스에 포인트를 줄 수 있다는 사실을 알았고, 또한 나는 남들보다 이득을 본다는 것도 알았다.

【아이템 박스】 또한, 게임과 비슷한 기능이라고 생각하면 이해할 수 있었다.

자, 이만큼 알았다면, 더 확인해야 할 것은…….

"그 방……이겠지……."

아까는 아무도 없었지만, 잘 생각해 보면 불법 침입이다.

상대가 화내며 달려든다면, 큰일 날 것이다.

【집의 주인】이라는 영문 모를 칭호도 얻었지만, 일단 확인해

봐야…….

다행히 나 말고는 문을 통과할 수 없다고 하니까 우리 집으로 도망치면 괜찮을 것이다.

"다시 한번, 둘러볼까."

그렇게 결심한 나는 다시 그 방으로 향했다.

* * *

"아무도…… 없지……?"

조심스럽게 문틈으로 얼굴을 내밀어 주위를 살펴봤지만, 역시 인기척은 없었다.

다시 방 안에 발을 들이자, 발바닥을 통해 나무 느낌이 들었다.

방에 들어가 보니 책상과 의자 말고도 나무 옷장이 있는데, 안에는 내 몸에 맞지 않는 늘씬한 셔츠와 바지, 그리고 속옷이 몇 벌씩 놓여 있었다.

감촉이 매우 좋았기에, 좀 아쉬웠다.

"어, 아까는 몰랐는데, 창문이 있네."

나는 창가로 가서 밖을 살폈다.

그러자…….

"우와아……."

창밖은 나무로 둘러싸여 있었다.

내가 사는 집은 산속에 있지 않다. 주택가에 있으며, 앞뒤로는 차가 지나다닌다.

하지만 이렇게 주위가 숲이라는 건…….

"역시 다른 세계…… 아니면 지구가 아닌 곳과 이어져 있다고 생각할 수밖에 없겠어."

어쩌면 창문에 엄청 리얼한 그림이 붙은 걸지도 모른다고 생각했지만, 그 생각은 창문을 열어 보고 나서 버렸다.

도심에서는 상상도 할 수 없는 맑은 공기가 가슴을 가득 채웠고, 자동차 소리도 들리지 않을 뿐만 아니라 공사 소리도 들리지 않는 조용한 공간이 펼쳐져 있을 뿐이었다.

창문을 닫고 방 안을 다시 둘러보고 있을 때, 책상 위에 종이가 놓여 있다는 것을 눈치챘다.

"뭐야?"

종이를 손에 들고 내용을 읽으려 했지만, 그곳에는 내가 모르는 신비한 문자가 적혀 있었다.

"못 읽겠네. 이세계의 언어일까?"

알아볼 리가 없는데도 잠시 종이를 노려보자, 메시지가 출현했다.

『스킬【언어 이해】를 습득했습니다.』

어이, 이 편리해 보이는 스킬은 뭐야?

바로 감정해 보니…….

【언어 이해】……온갖 언어를 이해할 수 있으며, 읽고 쓰기가 가능해지는 스킬.

정말 편리한 스킬이다.

이게 지구에서도 효과가 있다면, 영어도 식은 죽 먹기 아닐까.

아무튼 스킬이 생겨서 다시 편지를 보자, 아까는 읽을 수 없었던 신비한 문자를 읽을 수 있었다.

요약하자면, 이 방의 주인은 곧 수명이 다하기 때문에 이 집을 내놓는다고 했다.

그리고 가족이 없으니, 이 집을 찾는 사람에게 소유권을 넘긴다고 한다. 집에 있는 물건도 전부 준다고 한다.

소유권 등록은 마법의 힘으로 알아서 갱신되기 때문에, 소유자 말고는 집에 침입할 수 없다……는 것 같았다.

【집의 주인】이란 칭호를 손에 넣은 것을 보면, 아마 내가 이 집의 소유자가 된 것이리라.

그리고 그 칭호의 설명문을 보면 현자가 살았다고 나오던데, 대체 얼마나 대단한 사람일까?

소유자 말고는 침입할 수 없다는 것을 보면 꽤 대단한 인물 같은데, 그 정도는 이 세상에서 누구나 할 수 있는 걸까?

뭐, 그 문이 이 장소와 운 좋게 이어진 건…… 나한테는 참 고마운 일이다.

"다른 충격이 커서 그냥 넘어갈 뻔했는데, 마법도 있구나……."

아니, 이 상황 자체가 너무 현실적이지 않아서 마법이라고는 해도 판타지 요소가 약하게 느껴졌다. 놀라움은 적었지만, 그래도 미지의 힘이라는 것에는 흥미가 생기기 마련이다.

나도 쓸 수 있게 되려나?

"뭐, 됐어……. 일단 이 집에는 아무도 없고, 이제부터도 나 말고는 들어올 사람이 없다는 걸 알았더니 안심이 돼."

나도 타산적이라 그런지, 이 집이 내 것이라는 것을 알자마자 단숨에 경계심이 사라졌다.

그리고 다음에는 집에 있는 물건을 둘러보기로 했는데…….

"이거, 진짜구나……."

내 시선은 여러 종류의 무기를 향했다.

그 중에서 가장 먼저 눈길이 향한 검을 들어보았다.

"우왓?! 무, 무거워……."

당연한 소리지만, 나는 근력이 변변치 않기에 검을 들기만 해도 휘청거렸다. 본격적으로 체력을 단련해 볼까. 뭐, 옛날에 1년 동안 해 봤는데도 근력이 전혀 생기지 않았지만.

"그건 그렇고…… 멋진 검이네."

그 양날검은 방금 손질한 것처럼 찬란히 빛나서 칼날에 내 얼굴이 선명하게 비쳤다.

자루 부분에는 장식이 전혀 없지만, 풋내기인 내가 봐도 엄청난 물건이라는 것을 알 수 있을 만큼 위풍 같은 것이 감도는 검이었다.

문득 호기심이 인 내가 검에 【감정】을 써 보니…….

【전검(全劍)】…… 모든 검의 정점. 그 칼날은 탁해지지 않고 빛나며, 언제나 최고의 상태로 유지된다. 무엇이든 벨 수 있지만, 계약자의 실력에 달렸다. 비매품.

계약자:텐죠 유야.

"진짜야?!"

생각했던 것보다 엄청난 녀석이었다! 게다가 어느새 나와 계약했다고 하네! 그리고 비매품은 무슨, 이런 물건을 어떤 상점에서 팔겠냐고! 황송하기 그지없네!

어, 현자란 사람은 대체 정체가 뭐야?!

이 검, 무기함 같은 곳에 대충 놓여 있었거든?!

이렇게 위험한 물건을, 이렇게 아무렇게나 취급하다니······.

이제는 만날 수 없는 그 현자에게 놀라며, 나는 이 검을 휘둘러 보고 싶다고 생각했다.

"뭐, 남자라면 누구나 한 번은······ 안 그래?"

누구에게 변명하는지 모르겠지만, 자기 행위를 억지로 정당화시켰다······ 정당화는 안 되지만.

바깥도 확인하고 싶었기에, 나는 현관으로 다가가서 조심조심 문을 열었다.

"오오!"

이 집은 부지가 꽤 넓은 건지 앞은 마당처럼 되어 있었고, 밭 같은 것도 있었다.

"이게 전부 다 집으로 인식되는 걸까?"

아니라면, 함부로 밖에 나갈 수 없는데······.

그렇게 생각하고 있을 때, 눈앞에 메시지가 표시되었다.

『이 집을 둘러싼 울타리 안까지, 소유자의 토지입니다.』

오오, 그럼 이 마당에도 들어올 수 없는 거구나! 마음껏 밖에서 검을 휘두를 수 있겠어! 잘 모르겠지만 메시지 씨, 고마워!

내 의문에 답해 준 메시지에 감사하면서, 나는 어린애처럼 신난 기색으로 밖에 나갔다.

그리고 무거운 검을 내 나름대로 휘둘러 보려고 했다.

하지만…….

"우오오오오오오오?!"

무리였습니다.

결과적으로, 나는 검을 휘두르는 게 아니라 검에 휘둘렸다.

대충 휘두르지도 못하다니…… 뭐, 예상했지만.

"하아…… 하아…… 이야, 즐거웠어…….."

아무것도 못 했으면서도 만족감에 감싸인 나는 그 자리에서 벌러덩 드러누웠다.

그러자, 눈앞에 또 메시지가 나타났다.

『스킬【검술:1】을 습득했습니다.』

"어?!"

【검술】스킬?! 검에 휘둘렸을 뿐인데?!

게다가 이 검술 옆의 숫자는…….

【검술:1】에 의식을 집중하자, 자세한 설명이 표시되었다. 【감정】스킬 만만세야.

【검술:1】……검을 다루는 스킬. 숫자는 숙련도를 표시하며, 최고치는 10.

즉, 지금의 나는 검을 다루는 생초보인 건가?

아니, 초보라고 하는 것도 건방진 것 같은데…….

그나저나 스킬이라는 건 이렇게 간단히 습득할 수 있는 걸까?

"…………아, 【이세계 사람】효과구나."

아마 이 칭호와 관계가 있을 것이다.

"그렇더라도 이렇게 빨리 습득할 수 있는 건 이상해……. 다른 무기는 어떨까?"

새로운 호기심을 느낀 나는 검을 원래 자리에 둔 다음, 다른 무기를 챙겨서 마당으로 나갔다.

각각의 무기에 감정을 걸어보니 하나같이 무시무시한 무기였으며, 몇 가지를 꼽아보자면 아래와 같다.

【절창(絕槍)】……신창을 초월한, 유일무이한 창. 계약자의 실력에 따라 뭐든지 꿰뚫을 수 있다. 부러지지 않는다. 던지면 반드시 상대에게 명중하고, 주인의 손으로 돌아온다. 비매품. 계약자:텐죠 유야.

【사겸(死鎌)】……죽음의 사자도 죽이는 거대한 낫. 계약자가 바라는 모든 것을 가른다. 이것에 베이면 작은 상처라도 치명상이 된다. 비매품.

계약자:텐죠 유야.

【무한의 토시】……타격의 위력이 강해지고, 방어구도 된다. 부서지지 않는 최강의 건틀릿.팔 보호대. 주먹질의 위력을 높여줄 뿐만 아니라 방어구도 되는, 부서질 줄을 모르는 최강의 갑옷 토시. 일격이 무한한 공격으로 증폭된다. 비매품. 계약자:텐죠 유야.

【무궁(無弓)】……형태가 없는 궁극의 활. 계약자의 의지에 응해 화살을 무한정 생성한다. 그 화살은 세계를 꿰뚫는다고 한다. 계약자가 원하는 것을 반드시 맞힌다. 비매품.

계약자:텐죠 유야.

등등…….

제법 양이 많지만, 일단 전부 만져 봤다.

이쯤에서 감상을 한마디 하겠다.

전부 무시무시했다.

왜 이런게 집에 굴러다니는 건지 모르겠고, 현자가 뭐하는 인간인지도 모르겠지만, 그것보다 내가 계약자가 되었다는 게 가장 무시무시했다.

그리고 나의 현재 스테이터스는…….

【텐죠 유야】

직업:없음, 레벨:1, 마력:1, 공격력:1, 방어력:1, 민첩력:1, 지력:1, 운:1, BP :0

스킬:《감정》, 《인내》, 《아이템 박스》, 《언어 이해》, 《검술:1》, 《창술:1》, 《겸술(鎌術):1》, 《격투술:1》, 《궁술:1》, 《편술(鞭術):1》, 《부술(斧術):1》, 《추술(鎚術):1》, 《장술(杖術):1》, 《봉술:1》…… etc.

칭호:《문의 주인》, 《집의 주인》, 《이세계 사람》, 《처음으로 이세계를 방문한 자》

이젠 뭐가 뭔지 모르겠다.

모든 무기를 가지고 놀았더니 이런 상황이 되었는데, 아무리 그래도 이건 좀 이상하잖아.

무심코 표정이 딱딱해지자, 메시지가 출현했다.

『조건을 충족했습니다. 모든 무술 스킬을 통합해, 【진무술(眞武術):1】을 습득했습니다.』

【진무술】은 또 뭐야?!

바로 【감정】해 보니, 이렇게 표시되었다.

【진무술】…… 온갖 무기와 격투술을 익힌 자만이 도달할 수 있는 경지. 모든 무기와 격투술을 자유자재로 구사할 수 있다.

자유자재로 구사할 수 없는데요?!

아무리 생각해도 이건 말이 안 되잖아! 무기에 휘둘리기만 했는데!

하지만 내 생각과는 상관없이 스테이터스 표기가 바뀌더니, 대량으로 있던 무술 스킬이 사라지고 【진무술】이라는 것이 생겼다.

현자라는 사람도 이렇게 터무니없는 스킬이 있었을까? 있었겠지.

나는 영문도 모른 채, 말도 안 되는 스킬을 손에 넣었다.

* * *

그 후, 나는 밖에 어지러이 놓인 무기를 정리하려다 【아이템 박스】라는 스킬을 손에 넣은 것을 떠올리고 써보기로 했다.

하지만 쓰려고 해도 어떻게 해야 스킬이 발동하는지 모르니까 일단 속으로 【아이템 박스】라고 외쳤는데, 내 눈앞에 시꺼먼 공간이 출현했다.

느닷없이 나타난 검은 공간에 화들짝 놀랐지만, 내 의지에 따라 만들거나 없앨 수 있다는 사실을 안 나는 우리 집에 있던 볼펜을 검은 공간에 넣어 봤다.

그리고 공간을 잠시 없앴다가 다시 만든 후에 손을 넣어 보니, 볼펜이 있다는 정보가 머릿속에 떠올랐다.

그 이후의 행동은 빨랐다. 어지러이 놓인 무기를 차례차례【아이템 박스】에 넣어서 정리했다.

물론 넣고 빼는 것이 자유롭게 가능하다는 점은 확인했다. 지구에서도 꺼낼 수 있다는 점에 놀랐지만 말이다.

그런 확인을 얼추 마친 후에 정신적으로 지친 나는 힘없이 신비한 문을 통과한 후, 할아버지의 비밀 방으로 돌아갔다.

꿈이…… 아니구나…….

잠시 넋을 놓고 있었을 때, 갑자기 배에서 꼬르륵 소리가 났다.

시계를 보니, 마침 점심때였다.

그러고 보니…… 저 문 너머는 이쪽과 시간의 흐름이 같은 것 같았다. 나로서는 감사할 일이다.

허기를 달래려고 냉장고를 열지만, 텅텅 비어 있었다.

"우와……. 장을 보러 가야지 해놓고 안 갔잖아……."

이대로는 배가 고파서 쓰러질 것 같았기에, 번거롭지만 나는 지갑을 쥐고 먹을거리를 사기 위해 근처 편의점으로 갔다.

밖에 나가보니, 아직 초봄인데도 강한 햇살 탓에 땀이 났다.

응…… 뚱땡이의 괴로운 점이지…….

이미 기진맥진한 상태에서 근처 편의점에 도착해 보니, 그곳에서 내가 싫어하는 상황과 마주쳤다.

"어이, 괜찮잖아. 우리와 차 한잔하자고."

"그러니까 몇 번이나 거절했잖아요! 보내주세요!"

"에이, 그러지 말고~."

화려한 복장을 한 남자들이 나와 같은 또래로 보이는 소녀를 희롱하고 있었다.

사람들이 많이 다닌다고는 해도, 내가 찾은 편의점은 주택가에 있다. 그런 곳에서, 그것도 편의점 앞에서 여자를 꼬시려고 하다니…….

그 소녀는 거부감을 표시하며 남자들한테서 벗어나려 했지만, 그들은 집요했다.

주위를 보니 사람은 있지만, 누구나 못 본 척하고 있었다.

바로 그때, 남자 한 명이 소녀의 팔을 움켜잡았다.

"어서, 가자고."

"나쁘게는 안 할 테니까 걱정하지 마."

"싫어요! 놔주세요!"

"저, 저기!"

"어……?"

남자들의 시선이 일제히 나를 향했다.

그 시선은 매우 날카로웠으며, 나를 깔보고 있다는 것 또한 확연하게 알 수 있었다.

솔직히 말해 엄청 무섭고, 나도 무시하고 싶었다.

하지만 할아버지라면 망설이지 않고 도우려고 했을 것이다.

할아버지는 곤경에 처한 사람을 보면 도와주려고 하는 사람이다.

설령 주위로부터 위선자나 괴짜로 취급당하더라도 자기 신념을 바꾸지 않는 할아버지를, 나는 자랑스럽고 좋게 생각했다.

그렇게 생각했더니 내 입이 자연스럽게 움직였다.

"뭐야, 뚱땡이. 우리한테 볼일 있냐? 아앙?!"

"히익! 아, 아니…… 저기…… 그게…… 상대가, 싫어하는 것 같은데요……."

"뭐?"

내 말이 거슬린 건지, 소녀를 놔준 남자들이 나를 둘러쌌다.

"이 자식, 우리가 같잖아 보이냐?"

"아뇨, 그런 게 아니라……."

"되게 시끄럽네!"

"꺼억?!"

남자 중 한 명이 내 얼굴에 인정사정없이 주먹을 꽂았다.

너무 아파서 내가 바닥을 뒹굴자, 남자들은 내 몸을 걷어차기 시작했다.

"우리가 하는 짓에 참견 말라고…… 이 망할 새끼야!"

"역겹다고!"

"콱 죽어버려!"

얼굴, 가슴, 배.

남자들의 발차기가 세게 꽂힐 때마다 의식이 끊길 것 같았다.

그렇게 나에게 폭력을 휘두르던 남자들이, 갑자기 폭행을 멈추며 허둥대기 시작했다.

"어이, 짭새가 떴어!"

"뭐?! 헛소리 말라고!"

"어떤 놈이 찌른 거야?! 일단 튀자!"

아무래도 누군가가 경찰에 신고해 준 건지, 남자들은 이 자리에서 도망쳤다.

온몸이 매우 아팠지만, 참지 못할 정도는 아니었다. 뼈가 부러진 것도 아니고 말이다.

아아, 이런 데서 평소의 내성을 발휘하지 않아도 되는데.

그렇게 생각했지만, 뭔가 좀 이상했다.

예전의 나라면 이럴 때 이미 의식을 잃었겠지만, 지금은 아슬아슬하게 의식을 유지하고 있었다.

어쩌면 【인내】 스킬이 발동한 것일까?

【감정】을 집에서 쓸 수 있는 것을 보고 알았지만, 지구에서도 스킬이 작용한다고 생각했을 때였다. 아까 남자들과 엮인 소녀가 달려오더니, 나를 부축해서 일으켜 줬다.

"괜찮으세요?! 빨리 구급차를 불러야……!"

"괘, 괜찮아요……. 괜찮으니까…… 구, 구급차는, 안 불러도 돼요…….."

"하, 하지만……."

"아니, 정말…… 괜찮거든요…….."

이렇게 추한 나를 걱정해 주는 소녀에게 감동하며, 나는 고통을 참으며 몸을 일으켰다.

"아얏……."

"자, 제 어깨를 잡고……."

"아, 아뇨, 괜찮아요……. 정말 괜찮아요……."

"하, 하지만……."

"진짜로 괜찮아요……. 그것보다 큰일 날 뻔했네요. 앞으로
는 조심하세요."

본심은 알 수 없지만 나를 걱정해 주는 소녀와 거리를 벌렸다.

아까 남자들에게 희롱당했으니까, 같은 남자인 내가 곁에 있
는 것도 싫지 않을까? 그렇게 멋대로 생각해서 한 행동이다.

뭐, 남자는 고사하고 인간으로도 여겨지지 않는다면 문제없을
지도 모르지만 말이다.

그렇게 자학적으로 생각하고 있을 때, 출동한 경찰이 다가왔
다.

경찰관은 여자 두 명에 남자 한 명. 이 정도면 소녀도 안심이 될
것이다.

"신고를 받고 왔습니다만……."

"아, 남자들이 저를 붙잡고 놔주질 않는데, 이 사람이 도와
줬어요! 그래서……."

소녀는 경찰들에게 자초지종을 설명했고, 피해자는 나 혼자라
서 일이 커지지는 않았다. 피해자가 나 혼자라는 것도 이상한 말
이지만.

가볍게 사정 청취를 받은 후, 경찰관은 소녀를 집까지 데려다
주기로 했다.

그리고 나를 쳐다보았다.

"너도 데려다줄게. 집이 어디야?"

"아, 아뇨, 괜찮아요……. 저는 여기에 필요한 걸 사러 왔거든요……."

"그래……. 그럼 조심하렴."

경찰관들이 소녀를 데려가려고 하자, 갑자기 소녀가 나를 돌아보며 머리를 숙였다.

"저기, 구해주셔서 감사해요!"

"어? 아, 아뇨, 신경 쓰지 마세요……. 결국, 저는 아무것도 한 게 없는걸요."

"그렇지 않아요! 실은 정말 기뻤어요! 감사해요. 이 답례는 언젠가 꼭 할게요."

"괘, 괜찮아요…… 그, 그럼, 이만……."

평소 다른 사람과 이야기할 일이 없는 나는 말을 더듬거리며 어찌어찌 이야기를 마친 후, 소녀와 헤어졌다.

나는 소녀의 얼굴을 똑바로 보지 못했다.

애초에 나는 여자와 대화할 일이 거의 없고, 혹시 있더라도 일방적으로 독설을 듣는 경우가 대부분이었다.

그런 경험이 쭉 이어진 탓에, 나는 여자를 대할 줄 모른다.

하지만 그 소녀는, 겉으로만 그러는 걸지도 모르지만, 나를 걱정해 줬다.

좋은 아이 같은데…… 저런 아이는 행복해졌으면 좋겠다.

그렇게 생각하며, 나는 편의점에 가기 전에 근처 슈퍼마켓에서 식재료를 산 후, 돌아오는 길에 다시 편의점에 들렀다가 집으로 향했다.

*　*　*

점심 식사를 마치고 집 청소를 마친 나는 다시 그 신비한 문 너머로 갔다.

그리고 그대로 집 밖으로 나가서 다시 마당을 둘러봤다.

"역시 넓은걸⋯⋯. 이게 전부 내 것이 되었다는 게 아직도 믿기지 않아⋯⋯."

아니다. 마당과 집만이 아니라 이곳이 이세계라는 것 자체가 신기하기 그지없었다.

하지만 【감정】스킬로 문을 조사해 보니, 신들도 그 이유를 모른다고 하잖아. 잠깐, 이건 신이 존재한다는 것을 암시하는 거지? 신이 진짜로 있구나!

그런 생각을 하면서 주위를 둘러보고 있을 때, 갑자기 어마어마한 오한이 몰려왔다.

몸이 순식간에 경직되더니, 호흡이 가빠지면서 숨을 쉬는 횟수가 늘어났다.

몸에서 땀이 마구 나고, 혼란스러운 머리로 왜 갑자기 이렇게 된 건지 생각하며 필사적으로 주위를 둘러보았다.

그러자 울타리 너머와 마당의 경계인 입구에, 나를 덮친 오한의 정체가 존재했다.

"하아…… 하아……!"

"…………."

마치 피에 젖은 것 같은 검붉은 피부와 2미터가 넘는 몸.

뚱뚱한 내 몸 둘레에 버금갈 정도로 굵고, 두툼한 근육으로 뒤덮인 팔.

얼굴은 가공의 존재인 오니(鬼)를 연상케 했고, 턱 아래로는 두 개의 날카로운 송곳니가 나 있었다.

압도적 강자의 품격이 감도는 그 녀석이, 나를 지그시 응시하고 있었다.

날카로운 시선에 꿰뚫리면서도, 나는 얼마 남지 않은 이성으로 【감정】 스킬을 발동했다.

【블러디 오거】

레벨:300, 마력:100, 공격력:5000, 방어력:5000, 민첩력:1000, 지력:500, 운:100

영문을 모르겠어.

이 황당한 스테이터스는 대체 뭐야? 나는 전부 1이라고.

애초에, 레벨 1의 상대가 레벨 300이라는 게 말이 돼?!

게다가 블러디 오거라니…… 나를 괴롭히던 아라키가 【레드 오거】라는 집단 소속인 걸 떠올리니, 기분이 더 가라앉았다.

상대의 스테이터스를 보고 더 혼란에 빠졌을 때, 그 녀석——블러디 오거가 울부짖었다.

"그아아아아아아아아아아아아아아아아아앗!"

"히익?!"

엄청나게 큰 목소리에, 나는 다리에서 힘이 빠졌다.

그 순간에 소변을 지릴 뻔했지만, 내 보잘것없는 자존심이 그 것을 막았다.

하지만 다리에서 힘이 빠져서 움직이지 못하는 건 변함이 없었고, 블러디 오거는 그런 나를 향해 돌진했다.

그것을 본 순간, 나는 이제 끝났다고 생각했다.

하지만——.

"가아앗?!"

블러디 오거는 마치 보이지 않는 벽에 막힌 것처럼, 우리 집의 부지 안으로 들어오지 못했다.

"아……."

그래……. 이 집에는 나 말고 다른 존재는 들어올 수 없어!

나는 지금 와서 그걸 떠올렸지만, 그걸 떠올렸다고 해서 내가 할 수 있는 건 없었다.

지금도 블러디 오거는 부지 안에 들어오기 위해, 보이지 않는 벽을 향해 무시무시한 속도로 주먹을 날려댔다.

"그아아아아아아아아아아아앗!"

하지만 내가 아무것도 할 수 없는 것처럼 블러디 오거도 이 집에서는 아무것도 할 수 없는지, 무의미한 공격만 계속했다. 뭐랄까, 이대로 내버려 둬도 아무 문제 없을 것 같네.

그런 생각을 하며 긴장이 약간 풀린 순간, 블러디 오거는 공격을 멈추면서 근처에 있는 나무에 손을 뻗었다.

그리고 간단히 그 나무를 뽑아 들더니, 집을 향해 집어던졌다.

"어? 어?! 우, 우와아아아아아아아아아아아아앗!"

생물은 들어올 수 없더라도, 다른 건 괜찮은 건가?! 블러디 오거의 행동에 진짜로 공포를 느꼈지만, 이 집의 방어 성능은 내 예상을 능가하는 건지 그 나무조차 튕겨냈다.

진짜로 이 집에는 아무 짓도 할 수 없나 보네.

직접, 간접을 가리지 않고 모든 공격을 무효화시키는 것이다.

아무튼 블러디 오거가 나에게 해를 끼치지 못한다는 건 이해했지만, 그래도 블러디 오거는 포기하지 않고 공격을 재개했다.

설령 공격받지 않더라도, 정신건강상 매우 좋지 않았다.

뭔가 방법이 없을까…….

그렇게 생각했을 때, 나는 어떤 의문이 들었다.

"이쪽에서 하는 공격은 통할까?"

그렇다. 외부에서 하는 공격은 전부 막는 것 같지만, 내부에서 외부를 공격하는 건 어떨까?

그 의문을 해소하기 위해, 나는【아이템 박스】에서【절창】을 꺼냈다.

왜【무궁】이 아니라【절창】을 꺼낸 거냐고 하면, 부끄럽게도 내 힘으로는【무궁】의 시위를 당길 수가 없기 때문이다. 그런데도【궁술】을 습득했지만 말이다.

그리고【절창】도 무거워서 블러디 오거한테 던질 수 없지만, 이 창은 한 번 표적을 정해서 조금만 던져도, 반드시 표적에 날아간다. 게다가 자동으로 돌아오는 것이다.

그것은 【전검】을 휘둘러 본 다음에 다른 무기를 만졌을 때 확인했다.

그러니…….

"던져 볼까?"

나는 실험 삼아 눈앞에서 계속 공격하는 블러디 오거에게 【절창】을 던져 보기로 했다.

평소의 나라면 생물에게 살상 능력이 있는 무기를 절대로 던지지 않겠지만, 블러디 오거에게 느낀 공포 탓에 그런 감각이 마비되고 말았다.

"…………좋아."

나는 마음을 굳게 먹은 다음, 【절창】을 꽉 움켜쥐었다.

【절창】은 화려한 장식이 없고, 그저 꿰뚫는 것에 특화된 듯한 투박한 창이었다.

하지만 그만큼 다루기 쉬웠고, 생초보인 내 손에도 딱 좋았다.

그래도 여전히 무거워서, 나는 비틀거리면서도 어찌어찌 던지는 데 성공했다.

"우……랴압!"

"가아앗?!"

그러자 블러디 오거는 【절창】이 내뿜는 위압감을 느낀 건지, 경계하는 듯한 반응을 보였다.

나도 전력을 다해 던지기는 했지만, 너무 무거워서 몇 센티미터도 날아가지 않는 맥빠지는 일격이었다.

블러디 오거도 그걸 순식간에 이해하고, 바로 경계하는 기색을 풀었지만…….

"그, 그어어엇?!"

【절창】은 내 힘은 상관없다는 듯이 순식간에 블러디 오거에게 도달하더니, 표적의 몸을 간단히 꿰뚫었다.

"끄……억……."

블러디 오거는 마치 이해가 안 된다는 듯이, 눈을 부릅뜨고 가슴에 커다란 구멍이 난 채로 그 자리에서 쓰러졌다.

"해, 해치웠어……."

원래라면 방금 패배의 징조가 될지도 모르지만, 그런 걱정은 할 필요 없다는 듯이 블러디 오거는 빛의 입자가 되어 그 자리에서 사라졌다.

나는 무심코 그 자리에서 털썩 주저앉았다.

"하, 하하하……."

살았다는 실감과 생물을 죽였다는 실감.

두 가지가 뒤섞이고, 나는 허탈하게 웃을 수밖에 없었다.

하지만 생물을 죽였는데도 별로 심한 충격을 받지는 않았다. 손으로 느끼지 않아서 그러리라.

한동안 그 자리에 멍하니 서 있던 나는 블러디 오거가 죽은 자리에 뭔가 떨어져 있다는 것을 눈치챘다.

움직이고 싶지만, 다리에 힘이 안 들어가.

한심하게도 다리에서 힘이 빠져 무릎을 덜덜 떨고 있었다. 그래서 당장 움직일 수가 없었다.

그런 상황에서, 갑자기 눈앞에 메시지가 출현했다.

『레벨이 올랐습니다.』

"뭐?"

나는 또 넋이 나갔다.

＊　＊　＊

레, 레벨업……?

나는 갑자기 표시된 메시지를 보고, 넋이 나갔다.

아니다. 냉정하게 생각해 보니 그게 당연했다.

레벨 1이 레벨 300을 해치웠으니까.

공격력이 1인데도 이렇게 레벨 차이가 나는 상대를 해치운 것을 보면, 【절창】의 공격력이 그만큼 높았던 것이다.

"【절창】, 진짜 무시무시하네."

게다가 【절창】급의 무기가 몇 개나 더 있는 것이다. 이걸 전부다 써먹을 수 있게 된다면 엄청나겠는걸…….

그것보다 레벨업을 했다고 하는데, 뭐가 바뀌었을까?

나는 스테이터스를 표시해서, 변경점을 확인했다.

【텐죠 유야】

직업:없음, 레벨:100, 마력:1000, 공격력:1000, 방어

력:1000, 민첩력:1000, 지력:1000, 운:1000, BP:10000

스킬:《감정》, 《인내》, 《아이템 박스》, 《언어 이해》, 《진무

술:1).

칭호: 《문의 주인》, 《집의 주인》, 《이세계 사람》, 《처음으로
이세계를 방문한 자》

"어어어어어."

너무 많이 오른 거 아니냐고.

하지만 상대는 레벨 300이었으니까 당연할까······?

그리고 레벨이 1 오를 때마다 스테이터스가 10씩 오르는구나.
이게 많은 건지, 아니면 모두가 똑같은지는 모르겠지만.

그건 그렇고, 이 BP가 다른 사람보다 훨씬 많다는 건 분명하
다. 【처음으로 이세계를 방문한 자】의 효과라는 것도 안다.

"이 BP라는 것은 자유롭게 분배할 수 있댔지······."

지금 바로 분배해도 되겠지만, 그보다 블러디 오거를 해치운
곳에 떨어져 있는 것이 뭔지 궁금했다. 우선 그걸 보러 가자.

아직 떨리는 다리에 힘을 주며, 후들거리는 발로 목적지에 도
착했다.

"뭐지······?"

그곳에는 신비한 색깔을 띤 손바닥 사이즈의 보석 비슷한 것과
블러디 오거의 입에서 보였던 것과 같은 무시무시한 송곳니. 그
리고 검붉고 흉흉하게 생겼으면서도 멋진 갑옷이 있었다.

"일단 회수하자."

부지 입구 근처에 있어서 회수는 금방 끝났다.

회수한 아이템은 많지 않지만, 말로 형용할 수 없는 매력? 위

압감? 아무튼 풋내기가 봐도 엄청나다는 것을 알 수 있었다.

하지만 아무리 봐도 나는 무엇인지 알 수 없기에, 순순히 스킬 【감정】을 발동했다. 자연스럽게 스킬을 발동하게 되었는걸.

【블러디 오거의 거대 송곳니】…… 블러디 오거의 이빨. 이 송곳니는 겉보기에만 거창한 게 아니라, 블러디 오거의 치악력에 의해 그 어떤 사냥감의 피부도 간단히 꿰뚫는다. 가공하면 튼튼하고 날카로운 무기를 만들 수도 있다.

【마석:B】……랭크 B. 마력을 지닌 마물로부터 입수할 수 있는 특수한 광석. 랭크는 하위부터 순서대로 F, E, D, C, B, A, S이며, 랭크가 높을수록 값어치가 나간다.

【블러디 오거의 갑옷(몸)】……블러디 오거의 드롭 아이템. 소재는 강인한 블러디 오거의 근섬유와 피부. 어지간한 힘으로는 이 갑옷에 흠집을 낼 수 없다. 장비자의 공격력을 보정한다.

【블러디 오거의 토시】……블러디 오거의 드롭 아이템. 소재는 강인한 블러디 오거의 근섬유와 피부. 어지간한 힘으로는 이 토시에 흠집을 낼 수 없다. 장비자의 공격력을 보정한다.

【블러디 오거의 갑옷(허리)】……블러디 오거의 드롭 아이템. 소재는 강인한 블러디 오거의 근섬유와 피부. 어지간한 힘으로는 이 갑옷에 흠집을 낼 수 없다. 장비자의 민첩력을 보정한다.

【블러디 오거의 갑옷(다리)】……블러디 오거의 드롭 아이템. 소재는 강인한 블러디 오거의 근섬유와 피부. 어지간한 힘으로는 이 갑옷에 흠집을 낼 수 없다. 장비자의 민첩력을 보정한다.

판타지 요소로 가득 찬 아이템이었다.

마석과 송곳니…… 일반인인 내가 이걸 어디 쓰라는 거야? 아니, 갑옷도 현대의 지구에서는 쓸 데가 없지만 말이야.

애초에 어떻게 활용해야 할지 모르겠다. 무기는 충분히 있고, 마석은 알파벳이 랭크라는 것을 가리킨다는 것만 알겠다.

게다가 갑옷 사이즈는 뚱뚱한 나에게 맞지 않아서 장비할 수가 없다. 진짜 어디다 쓰지?

하지만 블러디 오거의 복근 같은 형태의 몸통 갑옷과, 전체적으로 뾰족한 느낌이 나는 토시. 허리 갑옷은 몸통 갑옷과 토시처럼 날카로운 느낌을 지녔고, 빨간색 망토도 달렸으며, 다리 갑옷은 토시의 디자인을 다리 부분에 맞춰 조정한 느낌이라 매우 멋졌다.

"모처럼 회수했는데…… 어디 쓰면 좋을지 모르겠는걸."

왠지 BP 분배를 미룰 정도의 일은 아니었던 것 같았다.

나는 그렇게 생각하며 이번에야말로 BP를 분배하기로 했다.

"으음…… 분배한다고 마법을 쓸 수 있는 것도 아니니까, 기왕이면 공격력 같은 걸 올리고 싶어."

나는 원래 게임에서 공격력을 팍팍 올려서 두들겨 패는 스타일을 좋아했다. 뭐, 게임기 같은 오락 도구는 없으니까, 망상으로 하는 거지만 말이야!

아무튼 쓸모도 없는 마력에 분배하는 것도 좀 그렇고, 집단 괴롭힘을 당하고 있는 나로서는 방어력을 올리는 편이 좋을지도 모르겠는걸.

"그런데, 이 운이라는 것도 좀……."

원래 운이란 것은 근력과 다르게, 아무리 노력해도 간단히 올릴 수 없다. 아니, 레벨을 올리면 근력과 같은 수치만큼 상승하는 것 같지만 말이다.

 그렇게 생각하면, 운에 투자하는 것도 괜찮은 것 같네.

 "와, 재미있어지는걸."

 원래부터 게임을 해 본 적이 거의 없는 나에게, 이 상황은 하나의 오락이 되고 있었다. 물론 무시무시한 살기를 느꼈지만, 그래도 이렇게 신기한 상황은 매력적이었다.

 뭐, 레벨이 오르면서 공격력이 상승했는데도 딱히 달라진 것이 없으니까, 너무 부담을 느끼지 말고 게임 감각으로 골라도 될 것 같았다.

 낙관적으로 생각한 나는 마음 내키는 대로 BP를 분배해 봤다.

 그 결과…….

【텐죠 유야】

직업 : 없음, 레벨 : 100, 마력 : 1500, 공격력 : 3000, 방어력 : 3000, 민첩력 : 3000, 지력 : 1500, 운 : 4000, BP : 0

스킬 : 《감정》, 《인내》, 《아이템 박스》, 《언어 이해》, 《진무술 : 1》.

칭호 : 《문의 주인》, 《집의 주인》, 《이세계 사람》, 《처음으로 이세계를 방문한 자》

이런 느낌으로 해 봤습니다.

마력은 마법을 쓰지도 않으니까, 지력은 순수한 학력이 상승하면 좋겠지만 게임 느낌으로 생각해 보면 마법의 위력만 상승할 것 같으니까, 너무 많이 분배하지는 않았다.

그 대신에 공격, 방어, 민첩을 올려서 균형을 잡아 봤다.

그리고 잘은 몰라도 노력으로는 어떻게 할 수 없을 듯한 운에 가장 많이 투자했다.

자, 이렇게 했는데…….

"아무 일도 없는걸."

역시 표시되는 것만 게임 느낌이며, 내 몸에 뭔가 일어나는 건 아닌 걸까?

"아무렴 어때……. 아무튼 오늘은 이런저런 일이 많아서 피곤하니까, 집에 갈까…….."

뭐, 원래 여기는 우리 집이지만.

그런 잡생각을 하면서, 아까보다 나아진 몸에 힘을 주며 【이세계로 이어지는 문】에 다가갔다.

그러자, 갑자기 눈앞에 메시지가 출현했다.

『환금할 수 있는 아이템이 있습니다. 【블러디 오거의 거대 송곳니】, 【마석:B】, 【블러디 오거의 몸통 갑옷】, 【블러디 오거의 토시】, 【블러디 오거의 허리 갑옷】, 【블러디 오거의 다리 갑옷】을 환금하겠습니까?』

"어?"

화, 환금?

한순간 무슨 소리인지 이해하지 못했지만, 칭호인 【문의 주인】을 획득하면서 쓸 수 있게 된 기능 중에 【환금】이라는 항목이 있었던 것을 떠올렸다.

"환금이라니…… 뭐가 어떻게 되는 거지?"

잘 모르겠지만, 이런 아이템을 가지고 있어도 나는 쓸 데가 없을 것이다.

하지만 갑옷류는 언젠가 입을 수 있을지도 모르니 후보에서 제외하고, 다른 것들을 【환금】했다.

그러자…….

『아이템을 환금했습니다. 【블러디 오거의 거대 송곳니】……50만 엔. 【마석:B】……100만 엔.』

"어?"

무심코 정신이 멍해졌다.

그런 내 넋을 더 나가게 만들려는 듯이, 아무것도 없는 공간에서 종이 뭉치가 툭 떨어졌다.

"………………."

영문을 모르겠다.

유심히 보니, 그것은 1만 엔 지폐 뭉치였다.

넋이 나간 상태로 주워서 확인해 보니, 메시지에 표시된 것처럼 합계 150만 엔이 손에 들어왔다.

내가 아는 방법으로 그 돈이 위조지폐가 아닌지 확인해 봤지만, 아무래도 진짜 같았다.

무심코 스킬 【감정】을 써서, 조사해 봤다.

【150만 엔】……이세계의 아이템을 환금한 것. 지폐 일련번호

등, 지구 경제에 혼란이 발생하지 않도록 지구의 정보를 조작해 창조한 진짜 1만 엔 지폐 다발.

더 혼란스러웠다.

지구의 정보를 조작한다고, 그게 무슨 뜻이야?! 아니, 진짜 돈이라는 건 알겠어!

【감정】을 얼마나 믿어야 할지 모르겠지만, 만약 이 내용이 사실이라면 나는 150만 엔을 번 셈이다.

마음이 들떠서 그런 걸지도 모르지만, 나에게는 【감정】의 내용이 진짜라는 생각밖에 안 들었다.

애초에 이 문은 신들도 이유를 모르는 것이라고 하니까, 지구의 정보를 조작했다고 해도 이상할 게 없다. 어떤 원리인지는 잘 모르겠지만.

하지만…….

"어어…… 진짜로 150만 엔이야……? 이걸, 어쩌지……?"

아니, 생활비도 간당간당한 나로서는 매우 고마운 일이었다.

인간적으로 이러면 안 된다, 좀 더 생각이라는 걸 하며 행동하라 같은 말을 들을지도 모른다. 하지만 나는 착한 사람이 아니며, 머리도 좋지 않다.

눈앞에 이익이 존재한다면, 덥석 달려들 수밖에 없다고.

그러니…….

"……챙겨가야지."

하지만 은행에 맡길 수는 없으니, 갑옷과 토시, 다리 갑옷과 함께 【아이템 박스】에 넣어뒀다. 응. 조금씩 쓰는 거야.

그렇게 결심한 나는 마지막 순간까지 너무 놀란 나머지, 머리가 어질어질한 상태로 집에 갔다.

제2장 레벨업 효과

그날 밤, 정신적으로 지쳐서 금방 잠들었던 나는 갑자기 몸에서 느껴지는 위화감 때문에 눈을 떴다.

"어? 뭐야……?"

몸 전체가 열기를 머금은 것처럼 뜨거웠다.

몸에서 원인을 알 수 없는 느낌이 나는 바람에 고개를 갸웃거리고 있을 때, 갑자기 극심한 통증이 내 몸을 덮쳤다.

"윽?! 크아아아아아아아아아아아아아아아아아아앗!"

엄청난 통증에, 나는 비명을 질렀다.

한 부분만 아픈 게 아니라, 온몸이 아팠다.

게다가 몸속에서 이상한 소리가 나더니, 마치 온몸의 골격, 근육, 신경이 다시 만들어지는 듯한…… 아니, 그것만이 아니라 유전자 레벨에서 다시 만들어지는 듯한 통증이 계속 이어졌다.

나 자신도 무슨 소리인지 모르겠지만, 본능적인 부분에서 그 인식이 옳다고 말했다.

"윽, 커억, 으극……."

입과 목에서도 이변이 일어나 제대로 말할 수도 없었다.

"아──."

그 극심한 통증에, 나는 결국 의식을 잃었다.

* * *

"어…… 어?"

다음 날 아침.

눈을 떠 보니 내 몸에서는 어젯밤 통증이 거짓말처럼 사라졌고, 그뿐만 아니라 몸이 매우 가벼웠다.

"어젯밤의 그건 대체 뭐지……."

극심한 통증의 원인을 몰라서 나는 고개를 갸웃거렸지만, 일단 배가 고팠기에 아침을 먹으려고 몸을 일으켰다.

"…………어?"

그 순간, 내 바지와 팬티가 쑥 흘러내렸다.

게다가 그대로 내 눈에 들어온 것은, 여섯 조각으로 예쁘게 갈라진 복근과 범상치 않을 만큼 어엿해진 자신의 그곳이었다.

되, 되게 크네…….

무심코 복근을 만졌을 때 자기 배를 만지는 느낌이 드는 것을 보면, 내 몸이 틀림없다.

…………

"어어어어어어어어어어어어어어어어어어엇?!"

이게 뭐야?! 이게 진짜로 내 몸 맞아?!

몇 번이나 자기 배를 만져 봤지만 내 몸이 틀림없다. 다른 부분…… 얼굴과 머리를 만져 보니 여드름 같은 게 깔끔하게 사라졌고, 머리카락도 풍성했다.

차례차례 밝혀지는 자기 몸의 변화에 망연자실하고 있었지만, 배고픔 때문에 일단 아침을 먹기로 했다.

부엌으로 이동할 때도 내 시선의 높이가 다르다는 것을 눈치채고 또 멈춰 설 뻔했지만, 일단 조리부터 하기로 했다.

하지만 아침을 차린 후에는 정신없이 식사했기 때문에, 맛은 전혀 느낄 수 없었다.

식사를 마치고 한숨 돌렸을 때, 다시 내 몸에 일어난 변화에 대해 생각했다.

아무리 생각해도, 이건 어제 레벨업이 원인이겠지…….

냉정함을 되찾고 레벨이 오른 것을 떠올린 나는 곧장 그것이 원인이라고 생각했다. 그것 말고는 이런 상황을 일으킬 요소가 없거든.

어제 시점에서 레벨업의 변화가 나타나지 않고 밤에 자는 사이에 일어난 건, 인간이 잠들어 있을 때 육체적으로 성장하는 것과 같은 원리 아닐까? 아무리 그래도 너무 극적으로 변한 것 같다.

"거울이라도 있으면 좋겠는데……."

겉모습을 확인하기 위해 거울을 찾아봤지만, 어제 내가 화풀이 삼아 깨버린 바람에 집 안에 거울이 없다는 것을 떠올렸다.

하지만 외모가 어떻게 변했는지 확인 못하더라도, 지금은 아무런 지장도 없다. 원래 추했으니까, 어떻게 변하든 아무래도 상관없다. 내가 어떻게 할 수 있는 것도 아니거든.

지금은 그런 것보다 심각한 문제에 직면했다.

그것은…….

"입을 옷이 없어……."

그렇다. 내 몸에 맞는 옷이 없는 것이다.

상의는 헐렁헐렁해도 입으려면 입을 수 있지만, 바지와 팬티만은 그럴 수도 없었다.

너무 헐렁해서, 흘러내리고 마는 것이다.

이제까지 벨트라는 것을 해 본 적이 없기에, 허리에 옷을 고정할 수단이 없다. 아니, 최종수단으로 끈 같은 것으로 고정하면 어떻게 될지도 모르지만…….

아무튼, 이 상황이 계속되면 곤란하다. 매우 곤란하다.

지금 몸에 맞는 옷을 사러 갈 수도 없고, 식재료를 사러 갈 수도 없다.

그렇다. 이 체형으로는 교복도 입을 수 없을 것이다.

우리 학교 교복은 특이하게도 고등학교 교복이 중학교 교복과 똑같으며, 매년 나눠주는 명찰의 색깔로 구분한다. 그러니 중학교 교복을 입으려면, 지금 나에게는 절대로 사이즈가 맞지 않을 것이다.

"진짜로 어쩌면 좋지……."

나는 본격적으로 고민에 빠졌지만, 어떤 사실을 눈치챘다.

"아. 그러고 보니까 그 집의 옷장에 옷이 몇 벌인가 들어 있었지……?"

이세계의 옷장 안에는 내 몸에 맞지 않는 사이즈의 옷과 속옷이 몇 벌 있었다.

"일단, 그걸 입을까……."

현재로서는 다른 방법이 없으니, 나는 문을 열고 이세계의 집에 들어가서 옷장을 열었다.

그 안에는 옷 몇 벌과 속옷이 놓여 있었다.

겉보기에는 흰색 와이셔츠와 검은색 바지이며, 단순하지만 지구에서도 볼 수 있는 타입의 옷이었다.

"다행이다……. 일단, 입을 수 있겠지?"

나는 딱히 별생각 없이 감정을 해 봤다.

【로열 실크 셔츠】……로열 실크로 만든 셔츠. 감촉이 매우 좋고, 최고급 실크 제품의 기품을 지녔다. 장착자의 체형에 맞춰 자동적으로 크기가 조절된다. 장착자의 체온을 항상 적정 온도로 유지한다. 더러워지지 않는다. 자동 수복 기능이 부여되어 있다.

계약자 : 텐죠 유야.

【로열 실크 바지】……로열 실크로 만든 바지. 감촉이 매우 좋고, 최고급 실크 제품의 기품을 지녔다. 장착자의 체형에 맞춰 자동적으로 크기가 조절된다. 장착자의 체온을 항상 적정 온도로 유지한다. 더러워지지 않는다. 자동 수복 기능이 부여되어 있다.

계약자 : 텐죠 유야.

"말도 안 돼."

이 말도 안 되는 성능은 대체 뭐야. 옷이 지닐 성능이 아니잖아. 그리고 처음 이걸 발견했을 때는 아직 뚱뚱했지만, 그 상태에서도 입으려고 하면 입을 수 있었던 거냐.

게다가 춥든 덥든, 이걸 입으면 쭉 쾌적한 상태로 지낼 수 있는 거지? 정말 영문을 모르겠네.

게다가 왠지 부자연스럽게 삽입된 더러워지지 않는다는 설명…… 이건 이 세상 주부들이 보면 좋아 죽을 효과 아닐까?

그리고 설명문을 읽기 전부터 어렴풋이 느꼈지만, 확실히 이 와이셔츠와 검은색 바지에서는 묘한 기품이 흐르는 것 같았다. 진짜로 그런 느낌이 들 뿐이지만 말이다. 나에게는 그런 안목이 없다.

그것보다, 옷한테도 계약자 취급을 당하는 거야? 이 세상에서는 그게 보통인 걸까? 아니지? 그렇게 믿고 싶다.

옷이 이 성능이면, 속옷은 어떨까? 그렇게 생각하며 속옷도 감정해 봤지만, 속옷은 매우 감촉이 좋은 속옷일 뿐 다른 효과는 딱히 없었다.

단, 다른 것들과 마찬가지로 내가 계약자로 되어 있었다.

참고로, 팬티는 검정 내의와 마찬가지로 검정 복서 팬츠였다.

"정말 극진하기 그지없는 대응인걸……."

아니, 현자님도 이런 식으로 활용될 거라고는 생각하지 못했겠지만, 실제로 나는 매우 도움이 되었다.

그 밖에도 옷장 안에는 신발과 양말도 들어 있었다.

양말의 특징은 뛰어난 촉감과 땀이 차지 않는 효과와 계약자가 나라는 점뿐이지만, 전체적으로 검은색에 금색으로 원포인트가 들어간 양말은 매우 멋졌다.

그리고 신발 쪽은 장난이 아니었다.

【용신의 가죽 신발】…… 용종(龍種)의 정점인 용신의 가죽으로 만들어진 신발. 지형에 따른 영향을 무효화한다. 장착자는 아무리 걷거나 뛰어도, 지치거나 신발에 쓸리지 않는다. 장착자의 사이즈에 맞춰 크기가 변화한다. 더러워지지 않는다.

계약자:텐죠 유야.

드디어 신이 소재로 쓰인 장비품이 나왔다.

이게 뭐야. 진짜로 뭘 어쩌란 건데? 계약자도 당연한 듯이 나네. 뭐, 고맙긴 한데.

그래도 이 정도면 과한 거지? 평범한 신발의 영역을 넘어선 거 맞지?

하지만 이 신발도 윤기가 나는 푸르스름한 검은색이라서 매우 멋졌다. 이런 거라면 신고 싶어지는 게 당연하잖아.

뭐, 발 크기가 바뀌었으니 이걸 신을 수밖에 없지만 말이다.

일단 나는 옷과 신발 등을 손에 넣었고, 덕분에 외출이 가능해졌다.

* * *

"그러고 보니, 저 밭에서는 뭘 기르는 걸까?"

옷을 입수한 나는 하루가 지나면서 호기심이 더 자극되었기에, 다시 이 집을 조사하자고 생각했다. 어차피 봄방학 숙제도 끝냈다.

게다가 내가 몇 년을 일해야 겨우 벌 수 있을 돈을 우연히 손에 넣었다.

기왕 이렇게 시간이 생겼고, 무엇보다 봄방학이 끝나면 또 바빠질 것이다.

그렇게 생각한 나는 집 밖에 나가서 밭을 확인하러 갔다.

"오오, 잘 모르는 풀과 채소? 같은 게 자라고 있네."

잡초로 오해할 법한 풀과, 토마토 같은 것과 무 같은 것이 잔뜩 있었다.

풀은 깔끔하게 열을 맞춰서 잡초가 아니라고 판단했다.

"어? 아, 저걸로 물을 주는구나."

밭 옆에는 은색 물뿌리개가 놓여 있었다.

그 물뿌리개를 들어보니, 안에는 물이 들어 있었다.

"설마 이 물뿌리개도 특별한 거야?"

혹시나 해서 감정해 보니⋯⋯.

【무한의 물뿌리개】⋯⋯물이 무한정 나오는 물뿌리개. 안의 물은 성정수(聖淨水)로 불리며, 아무리 시든 식물이라도 이 물을 주면 금세 기운을 되찾는다. 물은 항상 청결이 유지되므로 사람도 마실 수 있으며, 마시면 온몸의 피로가 회복될 뿐만 아니라 마력을 늘려준다.

계약자:텐죠 유야.

"이제 익숙해졌어."

응, 예상했어.

그럴 줄 알았다고.

이 집의 원래 주인인 현자님은 내 상상을 아득히 초월할 만큼 위험한 사람이란 인식이거든.

그런 사람이 죽었다니, 좀 이상한 느낌이 드는걸.

"그런데? 이 작물은 뭘까?"

우선 풀을 감정해 봤다.

그러자…….

【완치초】……먹으면 사지가 잘려 나갔든, 실명했든, 온갖 상처와 병을 치유해 준다. 또한, 마력을 회복시켜주는 효과도 있다. 수확할 때 알아서 씨를 남기기 때문에, 재배하는 것도 매우 간단하다. 단, 이 풀 자체는 전설급으로 찾기 어렵다.

"역시 익숙해지지 않았나 봐."

설마 이렇게 엄청난 효과가 있을 줄은 생각도 못 했거든?!

이거, 완전히 의사를 폐업하게 하는 식물인걸.

일단, 재배하기 쉽다는 것만으로도 알아서 다행이야.

"그럼, 다른 건?"

나는 긴장한 채, 밭에 있는 작물 전부를 감정해 봤다.

【초력(超力) 토마토】……먹으면 공격력이 상승하는 토마토. 그 밖에도 체력 및 정력이 상승하며, 잘 지치지 않는 몸이 된다. 수확할 때 알아서 씨를 남기기 때문에, 재배하는 것도 매우 간단하다.

【무적 호박】……먹으면 방어력이 상승하는 호박. 그 밖에도 정신을 안정시키는 효과가 있으며, 정신 공격과 상태 이상에 강해진다. 수확할 때 알아서 씨를 남기기 때문에, 재배하는 것

도 매우 간단하다.

【지혜의 무】……먹으면 지력이 상승하는 무. 그 밖에도 병렬 사고와 고속 사고 등, 특수한 뇌의 활용에 대응할 수 있게 된다. 수확할 때 알아서 씨를 남기기 때문에, 재배하는 것도 매우 간단하다.

【신속 감자】……먹으면 민첩력이 상승하는 감자. 그 밖에도 동체 시력과 반사 신경 등을 강화한다. 수확할 때 알아서 씨를 남기기 때문에, 재배하는 것도 매우 간단하다.

좋아. 하고 싶은 말이 잔뜩 있어.

설마 스테이터스 상승 아이템인 거냐! 현자님은 뭘 추구한 거냐고!

게다가 알아서 씨를 남긴다는 것도 이해가 안 돼! 애초에 감자에 씨가 있어? 없지 않아?

정말이지 판타지 요소가 가득한 채소다. 뭐, 겉으로 봐서는 내가 아는 채소와 같지만.

"일단 먹을 수는 있는 것 같고, 스테이터스가 상승한다면야…… 먹어 볼까."

애초에 먹을 수 있다면 그만큼 식비도 굳을 테니 나로서는 고마울 일이다. 수상한 약 같은 효과만 없다면 말이다.

"왠지…… 아침부터 피곤하네."

아직 점심 전인데, 나는 이미 정신적으로 지쳤다. 아니, 어쩔 수 없다고 생각하긴 해.

그런 생각에 잠겼을 때, 어제 블러디 오거와 마주친 순간처럼 위압감이 느껴졌다.

위압감이 느껴지는 방향을 쳐다보니, 그곳에는 시꺼먼 슬라임 같은 물체가 있었다.

"저건 뭐야……."

나는 무심코 감정해 봤다.

그러자, 이렇게 표시되었다.

【헬슬라임】
레벨:200, 마력:5000, 공격력:1000, 방어력:5000, 민첩력:100, 지력:100, 운:100

"맙소사……."

블러디 오거 다음은 헬슬라임이냐…….

저기, 아무리 생각해도 이 숲은 초보자에게 맞는 장소가 아니거든? 아니, 현자님이 그런 곳에 있을 것 같지는 않지만.

하지만 마력과 방어력이라면 어제 만난 블러디 오거에게 버금가는 적인데도, 나는 이상하리만치 냉정했다.

확실히 위압감 같은 게 느껴지지만, 어제처럼 무섭지는 않다.

아니, 무섭지 않은 것이 아니라 다리에서 힘이 빠질 정도의 공포가 느껴지지 않는 것이다.

어제보다 내 레벨이 올라서 그렇다거나, 헬슬라임이 블러디 오거보다 레벨이 낮아서 같은 이유가 아니다.

왠지 모르게 어제와 정신 구조가 바뀐 듯한 느낌이 들었다.

그것을 실감하는 것도 무섭지만, 냉정하게 생각할 수 있다는 건 좋았다.

그런 식으로 차분하게 헬슬라임을 관찰해 보니, 블러디 오거처럼 이 집의 부지로 들어오기 위해 엄청난 기세로 몸통 박치기를 되풀이했다.

"아니, 이 세상의 생물은 진짜 무시무시하네……."

아무리 그래도 너무 인정사정이 없는 거 아니야? 사람을 발견하면 다짜고짜 전력으로 덮치는 거냐고.

애초에 지구가 너무 평화로운 걸까?

"뭐, 좋아. 부지에서 나가고 싶진 않지만, 집 주변은 조사해 보고 싶어. 그러려면 지금처럼 전투를 피할 수 없겠지……."

그렇게 생각한 나는 【아이템 박스】에서 【절창】을 꺼냈다.

"어라? 평범하게 들 수 있네……."

놀랍게도, 나는 【절창】을 한 손으로 들 수 있었다. 이게 정상이겠지만, 나로서는 엄청난 일이었다.

한 손으로 창을 들 줄 몰랐던 나는 무심코 그 자리에서 적당히 창을 휘둘러봤다.

그러자 다소 창에 휘둘리는 느낌이 있기는 하지만, 어찌어찌 다룰 수 있는 레벨이 되었다.

"맙소사, 레벨업 효과가 너무 끝내주잖아. 내가 했던 운동은 대체 뭐였던 거야……."

지금은 창을 쓸 줄 몰라서 휘둘리고 있는 느낌이니까, 책으로 창을 다루는 법을 조사해서 그대로 휘두르면 어떻게 될까?

쉬운 일은 아니겠지만, 그래도 창을 다룰 수 있게 된데다 무엇보다 남자로서 매우 끌리는 느낌이 있다고나 할까······. 응, 조금씩이라도 좋으니까 강해지고 싶은걸.

"그러기 위해서라도, 우선 저 녀석을 어떻게든 해야겠어."

나는 창을 고쳐 쥔 후, 어제는 못 했던 투척을 해 보기로 했다.

왠지 모르게 주저하는 마음이 완전히 사라진 나는 창을 크게 치켜든 후, 한 손으로 던졌다.

"말도 안 돼!"

그러자, 창은 내 예상보다 빠른 속도로 날아가는······ 정도가 아니라, 어느새 헬슬라임의 몸통에 구멍이 나 있었다.

내 힘은 내가 생각하는 것보다 강화된 건지, 던진 본인이 인식조차 못 할 속도로 날아갈 줄은 몰랐다.

망연자실한 나에게, 창은 당연한 듯이 되돌아왔다.

헬슬라임은 몸을 희미하게 떤 후, 블러디 오거를 해치웠을 때처럼 빛의 입자가 되어 소멸했다.

그리고 그 자리에는 어제처럼 이것저것 떨어져 있었다.

"회수해야지······."

아직 현실감이 없어서 미묘한 느낌이지만, 뭐가 떨어져 있는지 궁금했기에 바로 입구로 향했다.

그리고 주위를 경계하면서 떨어진 것을 회수해 감정했다.

【헬슬라임의 핵】······헬슬라임의 심장부. 방대한 마력이 담겨 있으며, 다양한 무구로 가공해 쓸 수 있다.

【헬슬라임 젤리】······커피 풍미의 젤리. 먹으면 마력과 방어

력이 늘어난다.

【마석:C】……랭크 C. 마력을 지닌 마물에게 입수할 수 있는 특수한 광석.

"커피 젤리?!"

설마, 입수한 것 중에 커피 젤리와 비슷한 게 있을 줄은 몰랐다. 더군다나 밭에 난 작물처럼 스테이터스 상승 타입일 줄이야!

그리고 마석도 얻었다. 이건 또 비싸게 환금할 수 있을까?

솔직히 기대된다. 내 생활은 궁핍하니까, 돈을 벌고 싶다.

헬슬라임의 핵 또한 어떻게 이용하면 될지 모르니, 가능하면 환금하고 싶다. 헬슬라임 젤리는 챙기겠지만.

떨어진 물건들을 감정해 보니, 아직 감정하지 않은 게 있다는 것을 눈치챘다.

"아, 한 개 더 있네."

떨어져 있던 것은 초승달 모양의 세련된 검정 보석이 박힌 은 목걸이였다.

"설마 액세서리?!"

나는 게임을 많이 해 보지 않아서 잘 모르지만, 이런 액세서리가 드롭되는 게 당연한 걸까? 아니면 그 헬슬라임이 착용하고 있었던 걸까? 패션을 신경 쓰는 슬라임이다.

잘 생각해 보니, 블러디 오거도 갑옷을 입고 있었지……. 그때는 정신이 없어서 거기까지 생각이 미치지 않았지만, 소재만이 아니라 장비품도 들어오는 게 당연하리라.

일단 헬슬라임한테서 입수한 것인 만큼, 감정해 봤다.

【흑월(黑月)의 목걸이】······헬슬라임한테서 입수할 수 있는 레어 드롭 아이템. 장비자는 야간에 다양한 스테이터스가 상승한다. 또한 태양광을 모아 마력으로 변환해 장비자의 마력을 상시 회복한다.

계약자：텐죠 유야

놀랍게도 레어 드롭 아이템이었다.

뭐, 슬라임이 패션을 신경 쓴다는 것도 좀 이상한 소리지. 약간 아쉬운 느낌이 들지만 말이야.

그래도 효과는 매우 뛰어난 것 같았다. 밤 한정이라고는 해도 스테이터스가 상승하는 것 같고, 그 이외에는 마력을 회복해 주는 것이다. 마력을 쓰는 법은 모르지만.

모처럼 처음 구한 레어 드롭 아이템인 만큼, 내가 장비하기로 했다. 목걸이 같은 건 처음 착용해 보네.

"어울릴까?"

누가 들으랄 것도 없이 무심코 그렇게 중얼거렸다.

예전의 나라면 하나도 어울리지 않겠지만, 지금은 날씬해졌으니 조금은 어울렸으면 좋겠네.

그런 희망을 품고 있을 때, 메시지가 출현했다.

「레벨이 올랐습니다. 스킬【기척 감지】를 습득했습니다.」

"어."

아니, 잠깐만.

그 극심한 통증을 또 느껴야 하는 거야?! 물론 헬슬라임의 레벨이 더 높았으니까 레벨이 오르는 건 이해가 된다. 하지만 아무리 이해가 되더라도 받아들일 수 있겠냐고! 나는 싫어!

일단 잠시라도 현실도피를 하고 싶어진 나는 스킬부터 확인하기로 했다.

【기척 감지】……기척을 감지할 수 있다.

엄청 간단한 설명이지만, 만화에서 나오는 '거기 있는 건 다 안다!' 같은 게 가능해지는 거구나. 이건 평범하게 기쁜걸.

아까처럼 아이템을 회수할 때는 부지 밖으로 나가야 하니, 그럴 때의 위험도를 줄일 수 있을 것이다.

새로운 스킬에 만족한 후, 나는 드디어 스테이터스를 확인하기로 했다.

【텐죠 유야】
직업 : 없음, 레벨 : 150, 마력 : 2000, 공격력 : 3500, 방어력 : 3500, 민첩력 : 3500, 지력 : 2000, 운 : 4500, BP : 5000
스킬 : 《감정》, 《인내》, 《아이템 박스》, 《언어 이해》, 《진무술 : 1》, 《기척 감지》.
칭호 : 《문의 주인》, 《집의 주인》, 《이세계 사람》, 《처음으로 이세계를 방문한 자》

많이 올랐다.

그런데, 수치가 너무 딱딱 떨어지는 거 아니야? 원래 이런 걸까? 뭐, 보기 편하니 좋긴 하네.

"뭐, 되었어. BP를 분배해야지."

잠시 생각해 본 후, 나는 BP를 분배했다.

그 결과가 이러하다.

【텐죠 유야】
직업 : 없음, 레벨 : 150, 마력 : 2000, 공격력 : 4500, 방어력 : 4500, 민첩력 : 4500, 지력 : 2000, 운 : 6500, BP : 0
스킬 : 《감정》, 《인내》, 《아이템 박스》, 《언어 이해》, 《진무술 : 1》, 《기척 감지》.
칭호 : 《문의 주인》, 《집의 주인》, 《이세계 사람》, 《처음으로 이세계를 방문한 자》

지난번과 다르게 이번에는 마력과 지력에 BP를 분배하지 않았다.

그 대신에 운에 2000 정도 분배한 것은 아까 레어 드롭 아이템을 얻었기 때문이다.

이건 어디까지나 예상이지만, 이 운이란 스테이터스가 높으면 아까처럼 입수하기 힘든 레어 드롭 아이템을 손에 넣을 수 있을지도 모른다.

게다가 운이 좋기만 해도 왠지 기쁘거든.

아침부터 이벤트가 연이어 있었지만, 얼마 후면 점심이기에 나는 일단 집으로 돌아가기로 했다.

                                    * * *

    집으로 돌아가려고 하자 또 환금할지 말지를 묻는 메시지가 뜨고, 【마석:C】와 【헬슬라임의 핵】을 확금하기로 했다.

    결과는…….

『아이템을 환금했습니다. 【헬슬라임의 핵】……50만 엔. 【마석:C】……50만 엔.』

    합계 100만 엔이란 거금을 또 손에 넣었다.

    겨우 이틀 만에 250만 엔이나 벌었다는 사실에 현기증이 날 것 같지만, 나는 일단 집에 가서 점심을 먹기로 했다.

    그리고 밭에서 수확한 식재료를 써보기로 했다.

    이때의 식단은 『초력 토마토 샐러드』, 『무적 호박과 지혜의 무조림』, 『신속 감자의 고기 감자조림』이다.

    그 모든 요리에는 【무한의 물뿌리개】의 성정수를 썼다.

    조리해 보니 지구의 토마토나 감자와 큰 차이가 없었지만, 맛은 불안했다.

    하지만 그것도 헛된 걱정이었다.

    "마, 맛있어!"

    놀라울 정도로 맛있었다.

    내 요리 실력은 평범한 수준이다. 그러니 이 맛은 식재료 자체의 맛이라고 해도 과언이 아닐 것이다.

    그리고 식사 후 스테이터스를 확인해 보니, 변화가 꽤 있었다.

【텐죠 유야】

직업:없음, 레벨:150, 마력:2500, 공격력:5000, 방어력:5000, 민첩력:5000, 지력:2500, 운:7000, BP:0

스킬:《감정》, 《인내》, 《아이템 박스》, 《언어 이해》, 《진무술:1》, 《기척 감지》, 《요리:1》.

칭호:《문의 주인》, 《집의 주인》, 《이세계 사람》, 《처음으로 이세계를 방문한 자》

"엄청 상승했잖아?!"

아니나 다를까, 스테이터스가 500이나 상승했다.

게다가 어느새 스킬에 【요리】까지 추가되었다.

스테이터스가 상승한 이유도, 스킬이 추가된 것도, 전부 이세계의 식재료를 썼기 때문이다.

뭐랄까, 이세계의 식재료는 반칙인걸. 부러워. 뭐, 그 효과로 혜택을 보는 건 바로 나지만 말이야.

* * *

그런 생각을 하던 나는 오후에 무기를 다룰 근력을 손에 넣었으니 무술을 조사하기 위해 근처 헌책방에 가기로 했다.

도서관은 사람이 많고 이용할 때마다 불쾌한 시선을 받아야만 했기에, 가기 싫었다. 그런 이유에서 지금 가는 헌책방은 작고 사람도 적어서 딱 좋았다.

준비를 마치고 바로 집을 나선 나는 그대로 헌책방에 갔다.

길에 사람은 없었고, 헌책방에도 손님은 나 혼자였다.

으음, 무술 관련 코너는…….

"우와, 엄청나네……."

원하는 책이 있는 책장에 가보니, 대량의 무술과 무도 관련 서적이 가득 꽂혀 있었다.

게다가 스탠더드한 검술만이 아니라 내가 원하는 창과 지팡이 등을 다루는 법, 사슬낫을 다루는 법과 암살 기법까지, 다양한 책이 있었다.

잠깐, 암살 기법은 어디에 쓰는 거야?! 무시무시해!

도서관에도 이런 책들이 갖춰져 있는지는 모르겠지만, 아무튼 낡은 책이 잔뜩 있는 건 틀림없어 보였다.

전부 샀다간 다 읽을 자신이 없어서 어떻게 할까 싶어 책장을 보고 있을 때, 갑자기 몇 권의 책에 자연스레 눈길이 갔다.

그 책들은 전부 다른 무기와 유파를 다루고 있었지만, 내 본능이 그 책들을 고르라고 속삭이는 듯한 느낌이 들었다. 【진무술】 스킬과 관련이 있는 걸까?

잘 모르겠지만, 일단 몇 권만 사도 나쁘지 않을 것 같았다. 그래서 나는 깊이 생각해 보지 않고 그 책들을 사서 그대로 집으로 돌아갔다.

그 후에는 저녁때까지 책을 읽고, 저녁을 먹은 후에도 읽었다. 그러다 보니 어느새 【속독】이라는 새로운 스킬을 입수했고, 그 덕분에 산 책을 다 읽을 수 있었다.

하지만 이미 밤이 늦었다. 실전은 내일 치르자고 생각하며 목욕한 후에 이부자리에 들어가서 잠을 청했다.

——그리고 또 그 극심한 통증을 느낀 나는 정신을 잃고 말았다.

제3장 이세계 사람

——그 후로 일주일이 흘렀다.

나는 내가 지닌 칭호와 스킬이 얼마나 엄청난 효과를 지녔는지 실감했다.

그것은 이세계에 처음으로 방문한 순간에 입수한 【이세계 사람】과 【처음으로 이세계를 방문한 자】 칭호다.

우선 【이세계 사람】 칭호 덕분에 나는 레벨이 쉽게 올랐고, 스킬 레벨도 포함해 모든 레벨이 빠른 속도로 오르는 것…… 같았다. 다른 사람이 어느 정도의 속도로 레벨의 오르는지 모르기 때문에 확신할 수는 없지만.

그리고 가장 무시무시한 것이 【처음으로 이세계를 방문한 자】 칭호일 것이다.

처음부터 엄청나다고 생각했지만, 레벨이 오를수록 얼마나 엄청난지 실감할 수 있었다.

레벨이 오를 때마다 내 스테이터스에 분배되는 BP는 이세계 원주민에 비해 열 배나 되고, 지구인과 비교해도 다섯 배나 된다. 그것만으로도 무시무시하기 그지없었다.

내가 순조롭게 강해지고 있는 건 현자님의 집과 무기 덕분이기도 하지만, 그 이상으로 이 칭호가 차지하는 부분이 큰 것 같다.

칭호만으로도 충분히 대단하지만, 스킬도 현실 세계에서 효과를 발휘하기에 큰 도움이 되었다.

예를 들어 스킬【감정】덕분에 온갖 사물의 정보를 간단히 입수할 수 있게 되었으며, 슈퍼마켓에 가면 가장 신선한 채소를 고를 수 있었다. 그리고【언어 이해】스킬 덕분에 다양한 외국어를 읽고 쓸 수 있게 되었으며, 그뿐만 아니라 회화도 되니까 정말 귀중했다. 진짜 고맙기 그지없었다.

가장 효과를 실감한 것은 칭호와 스킬이지만, 그 밖에도 밭에서 재배한 식재료 또한 엄청났다.

스테이터스 상승 효과가 있는 식재료로 식사하자 보니 어느 순간부터 스테이터스가 오르지 않게 되었다.

아마 스테이터스 상승에도 한계가 있는 것 같았다. 그냥 먹기만 해도 강해진다는 상황이 이상했으니까 나는 딱히 아쉬움을 느끼지 않았다. 스테이터스가 오르지 않더라도, 여전히 맛있기 때문이다.

아,【헬슬라임 젤리】도 먹어보니 진짜로 커피 젤리였다. 참 맛있게 잘 먹었다.

그 밖에도, 나는 내 몸을 확인해 보기 위해 여러모로 시행착오를 거쳤다.

헌책방에서 산 책을 참고하면서 적당히 무기를 휘두르다 보니 어느새【진무술】레벨 2가 되었다. 그래서 마물을 해치우지 않더라도 내 행동에 따라 스킬 레벨이 상승한다는 것을 알 수 있었다. 이것도 칭호【이세계 사람】덕분이라고 생각하니, 칭호가 얼마나 대단한 건지 더욱더 실감하게 되었다.

그리고 레벨 2가 된【진무술】은 레벨 1일 때에 비해 큰 변화가 없었지만, 무기 취급이 아주 약간 매끄러워진 것 같은 느낌이 들었다. 그런 느낌이 들었을 뿐이겠지만 말이다.

이렇게 깨닫는 것이 늘어가는 가운데, 나는 앞으로 있을 일을 생각하고 매우 우울해졌다.

고등학교 입학이 코앞까지 다가온 것이다.

고등학생이 되면 환경이 변하는 만큼…… 여러모로 불안하기 그지없었다.

아니, 평소 같으면 불안을 느끼면서도 새로운 생활을 기대했겠지만, 공교롭게도 같은 중학교 출신이 대부분인 고등학교에서 이미지를 바꾸고 화려하게 데뷔할 용기는 없다. 그랬다간 예전보다 더 심하게 괴롭힘을 당할 뿐이다.

이대로 이세계나 탐색하면 좋겠다는 생각이 들었지만, 그럴 수도 없다.

"하아…… 싫네……."

질색하면서도 고등학교에 갈 생각을 하는 건, 내가 얼간이이기 때문이리라. 차라리 등교 거부를 하면 좋겠지만, 그러면 내 인생이 완전히 끝날 것 같고……. 그런 생각 때문에 결석하지 못했다.

결국 나는 몸에 맞지 않게 된 교복을 다시 사기 위해, 교복을 파는 가게를 방문했다.

새학기가 시작되는 만큼 이 시기에 교복을 사러 오는 사람은 적지 않겠지만, 가게 점원은 나를 계속 쳐다보고 있었다. 바지 지퍼가 열린 건 아니지?

용기를 내서 교복을 사러 간 결과, 다행히 길을 오가는 사람이 적어서 아는 사람과 마주치는 일이 없었던 점만은 다행이라고 생각한다.

아무튼, 나는 오늘 한 가지 결심을…… 이세계 집 주위를 탐색해 보자고 결심했다.

블러디 오거나 헬슬라임 같은 녀석이 잔뜩 있을지도 모른다고 생각하니 무섭지만, 그것보다 호기심이 앞섰다.

예전의 나라면 절대로 밖에 나가지 않았을 것이지만, 레벨업을 경험한 후로는 자신감 정도는 아니라도 호기심에 따라 행동할 정도의 모험심은 가지게 되었다.

다른 사람이 보면 위태위태할지도 모르지만, 나는 이 변화가 솔직히 기뻤다.

조금이라도 긍정적으로 생각하는 데 도움이 될 것 같아서다.

"부주의한 행동일지도 모르지만, 가 보자."

나는 현자님이 남긴 옷에【블러디 오거의 갑옷(몸)】과【블러디 오거의 토시】같은【블러디 오거 시리즈】를 장비했다. 살이 빠진 후로 시험 삼아 걸쳐 보니, 지금 내 체형에 딱 맞았다. 이것으로 방어력도 다소 보장될 것이다.

참고로 처음 입었을 때는 너무 멋져서 흥분이 하늘을 찌를 것만 같았는데…… 뭐, 남자니까 어쩔 수 없지! 진짜로 멋진걸!

게다가 만약에 대비한다고나 할까, 당연한 행동이랄까, 【완치초】도 챙겼다. 그러니 즉사만 하지 않는다면 괜찮을 것이다. 너무 낙관적인 생각일지도 모르겠지만……

나는 두 마물을 해치웠던 마당과 바깥의 경계선인 울타리 입구로 다가간 뒤, 심호흡했다.

무기는 있지? 갑옷도 걸쳤지? 【완치초】도 챙겼지?

"좋아……"

나는 마음을 굳게 먹은 후, 조심스럽게 한 걸음을 내디뎠다.

또 한 걸음, 또 한 걸음. 느릿느릿한 걸음걸이로 나아가면서 부지 밖으로 완전히 나갔다.

그리고——.

"아……"

나는 완전히 밖으로 나가는 데 성공했다.

바깥 풍경은 울타리 안쪽에서 본 것과 다를 게 없지만, 내 눈에는 왠지 더 선명하게 보였기에 잠깐 넋이 나가 있었다.

서서히 실감이 들자, 나는 당당히 걸음을 옮겼다.

주변을 탐색한다고 해도 느닷없이 먼 데까지 갈 용기는 아직 없다. 그래서 집이 눈에 들어오는 범위만 탐색할 작정이었다. 머지않아 집 방향을 알려줄 고려하면서 먼 데까지 갈 수 있으면 좋겠네.

나는 무기인 【절창】을 쥐고, 주위를 경계하며 나아갔다.

처음으로 숲에 있는 나무를 가까이에서 봤는데, 역시 내가 본 적 없는 이파리가 달린 나무였다.

꽃도 색이 칙칙하거나 무지개 같은 빛깔을 띤 것이 있거나 하는데, 개중에는 은은하게 빛을 내는 꽃도 존재했다.

이렇게 보니, 진짜로 이세계 맞네.

몽환적인 광경을 보며 평범한 소감이 들었을 때, 갑자기 생물의 기척이 느껴졌다. 스킬【기척 감지】가 작용한 것이다.

숨을 죽이고 그 생물의 기척에 다가가서, 존재를 확인했다.

그 녀석은 조악한 방어구를 걸친 녹색 피부의 난쟁이 같은 존재였으며, 날카로운 눈매와 매부리코, 그리고 예리한 이빨이 줄지어 있는 입은 매우 무시무시했다. 뭐, 블러디 오거가 더 무섭게 생겼지만.

난쟁이에게 들키지 않게 조심하면서【감정】을 발동해 봤다.

【고블린 엘리트】

레벨:120, 마력:100, 공격력:1500, 방어력:1000, 민첩력:1500, 지력:100, 운:100

얼추 예상했지만, 역시 고블린이었다.

하지만 평범한 고블린이 아니라, 엘리트다. 상위 계급 고블린이리라. 부러운걸.

아무튼, 어떻게 할까.

스테이터스 면에서는 내가 우위인 건 안다.

하지만 이 고블린은 과연 적일까? 어쩌면 이 세상에서는 고블린과 인간이 공생관계일지도 모른다.

만약 그런데 먼저 공격했다간 내가 악당이 된다. 블러디 오거와 헬슬라임은 나에게 살기를 드러내고 집으로 침입하려 했으니까 적이라는 사실을 쉽게 알 수 있었지만, 이번에는 진짜로 모르겠다. 블러디 오거가 적이었으니 고블린도 적일 것 같지만, 일단은 신중하게 행동하자.

성가신 일이나 다툼은 피하고 싶어서, 나는 조용히 이 자리를 벗어나려 했다.

뚜둑.

그리고 발치에 있던 나뭇가지를 밟아서 소리를 내고 말았다.

조심스럽게 고블린 쪽으로 고개를 돌리자———.

"……."

"……."

나를 뚫어지게 쳐다보고 있다.

침묵의 시간이 흘렀다.

나는 겨우, 최대한 우호적인 웃음을 띠며 말을 건넸다.

"아, 안녕!"

"그갸갸갸!"

"이럴 줄 알았어~!"

고블린 엘리트는 낡은 검을 마구 휘두르며 당연한 듯이 나에게 돌격했다.

예전의 나라면 맥없이 주저앉았겠지만, 지금의 나는 고블린 엘리트의 움직임을 유심히 살피면서 여유롭게 공격을 피했다.

"그걋? 갸갸갸!"

공격이 빗나간 고블린 엘리트는 약간 놀란 듯한 반응을 보였지만, 곧바로 나를 죽이기 위해 달려들었다.

 이미 이해했지만, 고블린은 내 예상대로 적이었다.

 적이라는 사실을 알았으니 공격해도 괜찮다고 여긴 나는【절창】을 거머쥐며, 일전에 산 책의 내용을 떠올렸다.

 내가 산 책에는 창을 쓰는 자세 같은 내용은 없었다.

 그 시점에서 책을 잘못 골랐나 생각했지만, 계속 읽어 보니 자세는 그 사람이 움직이기 편한 형태에 맞추면 된다는 것이 이 책의 지론 같았다. 창으로 찌르기를 날릴 때는 창을 비틀며 내지르는 것을 의식하라는 등의 내용만 적혀 있었다.

 그래도 창을 비틀면서 내지르면 된다는 식으로 간결하게 정리해 주어서, 어찌 보면 초보자인 나로서는 차라리 잘되었다.

 덤벼드는 고블린 엘리트를 냉정히 살펴보니, 고블린 엘리트가 수평으로 검을 휘두르려 한다는 것을 바로 눈치챘다. 즉, 머리와 하반신은 허점투성이였다.

 그것을 놓치지 않은 나는 냉정하게 길이의 이점을 살리며, 팔만이 아니라 온몸을 이용해 창을 비틀면서 찌르기를 날렸다.

 그러자【절창】이 나선 형태의 바람에 휘감기더니, 그대로 고블린 엘리트의 이마를 정확하게 꿰뚫었다.

 "가갸?!"

 창이 고블린 엘리트의 이마를 찌르자 창을 휘감은 바람이 나선 형태가 되어 머리를 도려냈고, 창을 뽑자 고블린 엘리트의 머리가 소멸했다.

고블린 엘리트의 몸이 비틀거리며 몇 걸음 내딛더니, 엄청난 양의 피를 흩뿌리며 빛의 입자가 되어 사라졌다.

"휴우……."

처음으로 목숨을 빼앗았다는 실감이 창을 통해 손에 전해졌다.

하지만 신기하게도 내 마음은 냉정했다.

원래라면 속을 전부 비울 만큼 비참한 광경인데, 지금의 나는 괜찮았다.

물론 생명을 앗았다는 의식은 있고, 그 무게를 이해하고 있다.

하지만 내 본능이 죽이지 않으면 죽는다고 호소하고, 내 몸과 마음이 자연스럽게 순응하는 것처럼 느껴졌다.

"드롭 아이템은【마력:D】와【상급 고블린의 이빨】과【상급 고블린의 가죽】인가……."

가죽은 솔직히 징그럽고, 이걸 어디에 쓰면 될지 몰라서【아이템 박스】에 전부 넣었다.

그러고 보니 갑옷을 입고 처음으로 움직여 봤는데, 거치적거리지 않았다. 외형도 개인적으로 마음에 드는 만큼, 좋은 방어구다.

처음에는 전투를 피하고 싶었지만, 이것저것 확인할 수 있었던 걸 생각하면 싸우기 잘한 걸지도 모른다.

"으음…… 레벨은 안 오른 것 같은걸……."

레벨업은 하지 않았지만, 책에 실린 움직임을 마물 상대로 써 본 것은 좋았다. 마당에서 연습할 때는 괜찮더라도, 실전이라면 이야기가 확 달라지니 말이다. 내용을 떠나, 책의 내용을 활용한 것은 좋았다.

세상이 다른데다 마물이 상대지만, 지구의 무술이 통한다는 것을 알았으니 앞으로도 적극적으로 써먹고 싶어지는걸.

"좋아. 탐색을 계속해 볼까."

적과의 레벨이 비슷해서 그런지 레벨은 안 올랐지만, 나는 정신을 바짝 차리며 다시 주위 탐색을 재개했다.

* * *

"하아…… 하아……!"

한 소녀가 숲속을 필사적으로 뛰고 있었다.

그러나 누가 봐도 고급이라는 걸 알 수 있는 소녀의 흰색 드레스는 뛰는 데 적합하지 않았다.

또한 마치 햇빛을 그대로 복사한 것처럼 아름다운 금발도, 달리는 도중에 더러워져서 그 빛을 잃었다.

"……."

그런 소녀를, 후드로 얼굴을 가린 몇 사람이 쫓고 있었다.

"큭……!"

지면이 고르지 못한 숲속을, 소녀는 맨발로 뛰고 있었다.

"앗?!"

하지만 달리는 데 적합하지 않은 옷차림과 숲이라는 환경 탓에, 나무뿌리에 발이 걸려 넘어지고 말았다.

그때를 놓치지 않은 정체불명 집단이 금방 소녀를 포위했다.

소녀는 도망칠 곳이 없다는 것을 눈치챘지만, 비취색 눈을 날카롭게 뜨면서 그 집단을 노려보았다.

"당신들! 내가 아르세리아 왕국의 제1왕녀라는 것을 알면서 이런 짓을 하는 거야?!"

소녀가 강경한 태도를 취하자, 정체불명 집단은 시선을 마주하며 비웃었다.

"하, 하하하하! 알고 있다, 렉시아 폰 아르세리아."

"그럼 왜……."

"왜? 이상한 소리를 하는군. 짚이는 데가 있을 텐데? 습격을 당하는 이유라면 말이다……."

"그, 그건……."

소녀—— 렉시아는 습격자의 대꾸에 말문이 막혔다.

"방해되거든. 더러운 피가 섞인 네가 말이다!"

"내 피는 더럽지 않아……!"

"말대꾸하지 마라!"

"꺄앗!"

당당하게 반박하는 렉시아에게, 정체불명 집단 중 한 명이 마법으로 흙덩어리를 만들어서 발사했다.

렉시아는 즉시 지면을 구르며 피했지만, 마법의 위력이 강한 탓에 예상보다도 큰 대미지를 받았다.

"으, 으윽……."

"성가시게 하지 말라고. 애초에 순순히 죽으면 될 것을……."

"네 호위도 참 불쌍한걸? 너 따위를 호위하게 된 바람에 우리에게 습격당했잖아."

"너를 도피시키려고 필사적이었던 그 기사들도 지금쯤이면 죽었을걸?"

고통 탓에 몸을 웅크린 렉시아에게, 정체불명 집단은 불쾌한 말을 던졌다.

렉시아는 제1왕녀지만, 현 국왕과 첩――노예와의 사이에서 태어난 아이였다.

게다가 어머니는 『인간』이 아니다.

외모가 뛰어난 『엘프』 중에서도 더 우수한, 『하이엘프』였다.

그런 하이엘프 노예에게 한눈에 반한 국왕은 그대로 첩으로 삼아 총애했고, 이윽고 렉시아가 태어났다.

하지만 렉시아가 태어난 직후, 어머니는 죽었다.

국왕은 매우 슬퍼하며, 렉시아를 소중히 길렀다.

――하지만 어느 날 사건이 벌어졌다.

원래 뛰어난 마력을 보유한 『하이엘프』와 인간의 혼혈인 렉시아는 그 뛰어난 외모와 마력량을 이어받았는데, 어느 날 그 마력이 폭주했다.

그 결과, 근처에 있던 제1왕자가 큰 부상을 당하고 말았다.

다행히 후유증도 없었고 깨끗하게 치유되었지만, 렉시아는 제1왕자의 어머니인 왕비와 제1왕자의 파벌인 귀족들에게 미움을 받게 되었다.

그리고 원래 태생 탓에, 국왕이 눈길이 닿지 않는 장소에서 온갖 괴롭힘을 당하고 살았다.

"으…… 으 으 으……."

자신을 낳아준 어머니에게도 감사하며, 아버지를 원망하지도 않는다.

하지만 주위는 그런 렉시아를 무자비하게 괴롭혔다.

설령 왕족일지라도, 때에 따라서는 불행해질 수 있다.

렉시아는 어쩔 수 없는 현실 속에서도 필사적으로 지금까지 살아왔지만, 이렇게 죽음을 앞둔 상황에서 자신의 인생을 되돌아보며 무심코 눈물을 흘렸다.

만약 자기가 더 평범한 인생을 살았다면…… 하고, 생각했다.

"수다를 떨다가 마물이 습격하면 귀찮겠지. 빨리 죽어라."

자기 자신이 너무나도 비참한 나머지, 이러지도 저러지도 못하는 상황 속에서 소리죽여 우는 렉시아.

그런 렉시아에게 정체불명 집단 중 한 명이 마법을 날리려 한 ── 바로 그때였다.

"그오오오오오!"

"아니?! 고블린 제너럴?!"

갑작스럽게 마물이 정체불명 집단을 덮쳤다.

마치 파충류 같은 금색 눈동자와 밤색 피부.

발달한 근육과 성인 남성과 비슷한 키. 그리고 몸에 걸친 고급스러운 갑옷은 위압감이 엄청났다.

그 마물은 커다란 매부리코로 콧김을 뿜더니, 자기 키만 한 거대한 검을 크게 휘둘렀다.

그 일격은 어마어마했고, 고블린 제너럴을 향해 반사적으로 마법을 날리려던 정체불명 집단은 거대한 검에 의해 고깃덩어리로 변모했다.

"히익?!"

지금 자신을 죽이려 하던 자들이, 순식간에 살해당했다.

그 사실에 표정이 공포에 물든 렉시아가 서둘러 도망치려 했지만, 다리에 힘이 들어가지 않았다.

렉시아가 움직이지 못하는 사이, 고블린 제너럴은 압도적인 힘으로 정체불명 집단을 전멸시켰다.

주위 일대에 대량의 피와 살점이 흩뿌려지더니, 고블린 제너럴은 피범벅이 되었다.

——저항할 수 없는 절대적 존재.

그 앞에서, 렉시아의 몸은 의지와 다르게 삶을 포기했다.

아무리 도망치려 해도, 몸이 말을 듣지 않았다.

정체불명 집단을 살육한 고블린 제너럴은 공포와 절망에 물든 렉시아에게 시선을 보냈다.

그 날카로운 시선에 꿰뚫린 나머지, 결국 의지마저도 삶을 포기했다.

"아……."

망연자실 상태에 빠진 렉시아에게, 고블린 제너럴이 여유롭게 다가갔다.

그리고 렉시아의 눈앞에 서더니, 그 거대한 검을 치켜들었다.

"가아아아아아아아아아!"

아무런 고통도 느끼지 못하며, 이 자리에서 죽을 것이다.

삶을 체념한 의식 속에서, 마물이 치켜든 검을 마치 남 일처럼 쳐다보고 있을 때였다.

"으라차아아아아아아아앗!"

"끄억?!"

갑자기, 고블린 제너럴을 향해 뭔가가 날아갔다.

하지만 고블린 제너럴은 그 무언가가 명중하기 직전에 눈치채더니, 치켜든 검으로 그것을 막아냈다.

하지만 공격은 그게 전부가 아니었다.

날아오는 것을 막은 거대한 검에 다른 충격이 가해졌다.

그 충격은 엄청났고, 강인한 육체를 지닌 고블린 제너럴조차 버티지 못하며 튕겨 날아갔다.

고블린 제너럴은 다시 몸을 일으키더니, 새로운 난입자를 향해 분노에 찬 시선을 보냈다.

"그으으…… 가아아아앗!"

고블린 제너럴의 시선을 쫓듯, 렉시아가 같은 방향을 쳐다보니——.

"——괜찮아?!"

윤기 넘치는 검은 머리카락과, 밤하늘을 연상케 하는 눈동자. 기품이 있으면서 어딘가 이국적인 분위기가 감도는 청년이 당황한 표정으로 뛰어오는 것을 알 수 있었다.

절망적인 상황이란 사실에는 변함없지만, 렉시아는 왠지 그 청년의 모습을 본 순간에 약간 안심되었다.

그리고 그 안심 탓인지, 렉시아는 긴장의 끈이 풀리면서 그 자

리에서 기절하고 말았다.

* * *

고블린 엘리트와 전투를 치르고 며칠 후.

이 며칠 동안 탐색도 꽤 진행되었고, 도중에 편리한 스킬을 입수한 후로는 집으로 돌아가기 위해 표식을 남길 필요가 없어졌다.

새로운 스킬을 얻었을 뿐만 아니라, 새로운 마물과 전투를 치르면서 레벨과 전투기술이 향상되었다. 그리고 얻은 아이템을 환금해서 상당히 많은 돈도 손에 넣었다.

그 덕분에 현재 내 스테이터스는 이런 상태다.

【텐죠 유야】
직업:없음, 레벨:200, 마력:5000, 공격력:7000, 방어력:7000, 민첩력:7000, 지력:4500, 운:7500, BP:0
스킬:《감정》, 《인내》, 《아이템 박스》, 《언어 이해》, 《진무술:4》, 《기척 감지》, 《속독》, 《요리:3》, 《지도》, 《간파》, 《약점 간파》, 《동화(同化)》.
칭호:《문의 주인》, 《집의 주인》, 《이세계 사람》, 《처음으로 이세계를 방문한 자》

예상했던 것보다 성장한 바람에 잠자는 도중에 극심한 통증을 느끼지만, 최근에는 익숙해졌다…… 아니, 그 통증과 소리가 사라진 것처럼 느껴졌다.

내 예상으로는, 몸의 구조가 완성된 것이 아닐까 싶었다. 더는 개조할 곳이 없는 건가.

그래도 근력은 명백하게 늘어나는 것을 보면 완전히 성장이 멈추지 않은 것 같으니, 딱히 개의치 않았다. 고통을 느끼지 않는 건 반길 일이니까 말이다.

새로운 스킬 효과는 이러하다.

【지도】……한번 방문한 장소를 매핑한다.

【간파】……상대의 공격을 피하기 쉬워진다.

【약점 간파】……상대의 약점을 찾아낸다.

【동화】……자연과 동화해, 기척과 마력을 숨길 수 있다.

전부 유용한 스킬이며, 특히 【지도】덕분에 내 탐색은 매우 편해졌다.

【간파】는 적이 공격하는 타이밍 같은 것을 알 수 있게 해 줬고, 【약점 간파】로는 상대의 어디를 공격하면 큰 피해를 줄 수 있는지 알 수 있다. 【동화】는 숨어서 마물을 계속 살피다 보니 어느새 습득했으며, 매우 편리해서 도움이 되었다.

전투 경험이 전혀 없었던 나에게 매우 고마운 스킬이며, 덕분에 이런 나도 최근에는 마물과 정면 대결을 펼칠 수 있게 되었다.

그리고 전투에서 얻은 아이템을 전부 환금한 덕분에 1000만 엔이나 모았고, 【아이템 박스】에 넣어서 관리하고 있다.

나는 컴퓨터가 없지만, 편리할 것 같으니 이참에 사고 싶다는 생각이 들었다.

아무튼, 얼마 후면 고등학교 생활이 시작된다.

즉, 또 그 지옥 같은 나날이⋯⋯.

무엇보다, 이 미지의 세계를 즐기는 시간이 줄어드는 것이 나는 매우 괴로웠다.

공부는 물론 하고 있지만, 그래도 학교에 가는 것은 고통에 지나지 않았다.

"하아⋯⋯ 딴생각을 하자. 모처럼 즐거운 곳에 왔는데, 학교 생각 같은 건 하고 싶지 않아⋯⋯."

현실도피라는 건 알지만, 나는 일단 학교 생각을 머리 밖으로 쫓아냈다.

그리고 일과가 되어가는 이세계 탐색을 시작했다. 이 일과도 학교생활이 시작되면 못할 것이다.

지금은 【절창】을 쥐고 있지만, 다른 무기와 맨손으로도 싸우고 있다. 창은 단순히 성미에 맞아서 계속 쓰고 있다. 【전검】도 자주 쓴다.

한동안 숲속을 돌아다녔지만, 딱히 마물은 나오지 않았다.

그래도 도중에 괴상한 버섯과 나무 열매를 감정해 보고 【아이템 박스】에 집어넣었다. 환금이 가능할 때도 있는가 하면, 효과에 따라 집에서 먹기도 했다.

내가 환금하고 싶은 것만 환금할 수 있으며, 지구에 가지고 돌아갈 수도 있거든.

이세계는 어찌 보면 내 식량 창고이기도 했다. 참고로 【오크 엘리트】라는 이족보행 돼지 마물을 해치우고 입수한 【상급 오크의 고기】를 먹어봤는데, 매우 맛있었다. 감정으로 몸에 해롭지 않다는 사실도 확인했다.

그러니 드롭 아이템은 환금 대상만이 아니라, 내 식량이기도 했다. 덕분에 장을 보러 밖에 나갈 필요가 없어진 건 기뻤다. 시간이 아까우니까 말이다.

한동안 채집 등을 하며 숲속을 돌아다니고 있을 때, 뭔가 격렬한 소리가 들려왔다.

"뭐야?"

그 큰 소리와 충격에 놀라면서, 신중하게 그곳으로 나아갔다.

"윽?!"

그러자 그곳에는 고블린 엘리트를 훨씬 건장하게 만든 듯한 마물이, 피범벅이 되어 서 있었다.

유심히 보니, 그 고블린의 주위에는 원래 무엇이었는지 알 수 없는 살점이 흩뿌려져 있었다.

이 참극에 말문이 막혀버렸지만, 나는 곧 정신을 차리며 【감정】을 발동했다.

【고블린 제너럴】
레벨:200, 마력:1000, 공격력:9000, 방어력:3000, 민첩력:500, 지력:500, 운:100

엘리트 다음은 제너럴인가 보다. 게다가 최근 며칠 동안 본 적이 없는 마물이다.

스테이터스의 균형을 보면 내가 낫지만, 상대의 공격력은 무시무시했다.

무슨 원인으로 저렇게 날뛴 건지는 모르겠지만, 일단은 상황을 살피도록 할까. 스테이터스가 덜 차이 나는 녀석과 싸우며 전투 경험을 쌓고 싶으니 말이다.

그렇게 결심한 나는 조용히 이 자리를 벗어나려 했다.

하지만······.

"앗?!"

고블린 제너럴이 가는 곳에 나와 비슷한 또래로 보이는 여자애가 주저앉아 있는 모습이 보였다.

비싸 보이는 드레스를 걸치고 있는 아이가 왜 이런 숲속에 있는지는 몰라도, 내가 이세계에서 처음으로 만난 인간이다······ 그러니 기뻐해야겠지만, 지금은 그럴 상황이 아니다.

고블린 제너럴이 검을 치켜들자, 나는 손에 쥐고 있던 【절창】을 던졌다.

"타아아아아아아아아아앗!"

"그가아?!"

고블린 제너럴은 엄청난 속도로 날아오는 【절창】을 재빨리 감지하더니, 치켜든 검으로 막아냈다.

그 틈에 나는 전력으로 달려 그대로 체중을 전부 실어서 고블린 제너럴의 검을 걷어찼다.

"으라차!"

"끄억?!"

전속력을 다한 일격이라서 고블린 제너럴은 훅 날아갔다.

나는 착지한 후, 내게 돌아온 【절창】을 회수하면서 여자애에게 다가갔다.

"──괜찮아?!"

말을 건 순간, 나를 보고 깜짝 놀란 표정을 지은 여자애는 실이 뚝 끊긴 인형처럼 그대로 쓰러졌다.

"어, 어이?!"

설마 죽은 건가?! 그렇게 생각한 나는 진심으로 당황했지만, 유심히 보니 숨을 쉬고 있었다. 단순히 기절한 것 같다.

그 사실에 안심하고 있을 때, 엄청난 위압감을 느낀 나는 시선을 돌렸다.

고블린 제너럴이 나를 무시무시한 눈으로 노려보고 있었다.

나는 【절창】을 고쳐 쥐며, 고블린 제너럴과 대치했다.

"……."

"……."

서로가 무기를 쥔 채, 빈틈을 살폈다.

하지만 내가 보기에 고블린 제너럴에게 빈틈이 없는 것처럼 나에게도 빈틈이 없는지, 우리는 공격에 나서지 못했다.

"그으으…… 그워어어어어!"

그러자 참다못한 고블린 제너럴이 대지를 짓뭉개려는 듯한 기세로 걸음을 내디디며 거대한 검을 수평으로 휘둘렀다.

그 공격을 본 나는 본능적으로 막으면 안 된다는 것을 깨달았고, 쓰러져 있는 여자애를 안아 들며 크게 거리를 벌렸다.

나는 여자애를 다시 눕힌 후, 이번에는 내 쪽에서 돌격했다.

"하아앗!"

"가앗!"

하지만, 고블린 제너럴은 내 일격을 간단히 막았다.

그리고 공격을 막아낸 상태에서, 내 존재 자체를 날려버리려는 듯이 검을 휘둘렀다.

"커억?!"

그 엄청난 위력에, 나는 허무하게 튕겨 날아갔다.

그대로 나무에 부딪힐 뻔했지만, 공중에서 어찌어찌 자세를 고쳐서 날아가던 방향에 있는 나무에 착지했다.

"위험한걸……."

고블린 제너럴이 너무 강력했기에, 나는 무심코 식은땀을 흘렸다.

공격력이 강한 만큼, 무식하게 정면 대결을 펼쳤다간 내가 질 것이 틀림없다.

이기기 위해선, 어떻게든 허를 찌를 수밖에 없다.

다행히 공격력 말고는 내가 앞서고 있다. 이 스테이터스와 수중에 있는 무기를 활용할 수밖에 없다.

나는 나무를 발판으로 삼으면서 고블린 제너럴을 향해 힘껏 돌격했다.

그러자 고블린 제너럴은 그런 나를 거대한 검으로 베어 넘기려는 듯이, 마치 야구의 타자처럼 내가 접근하는 타이밍에 맞춰 검을 휘둘렀다.

이대로 다가갔다간, 나는 허무하게 죽고 말 것이다.

고블린 제너럴의 검이 명중하기 직전, 나는【절창】을 힘껏 지면에 찔러넣었다.

"가아아아?!"

내가 급정지하자, 고블린 제너럴의 검이 허공을 갈랐다.

나는 장대높이뛰기 요령으로【절창】을 이용해 그대로 몸을 날렸다.

고블린 제너럴의 상공을 통과하듯 이동하면서, 나는【아이템 박스】에서【무궁】을 꺼내 고블린 제너럴을 향해 보이지 않는 화살을 날렸다.

하지만 그 공격을 눈치챈 고블린 제너럴은 헛손질한 기세를 이용해 거대한 검을 치켜들어서 화살을 막아냈다.

하지만 나는 그 틈에 다른 나무를 발판 삼은 후, 손 언저리로 돌아온【절창】을 고블린 제너럴에게 투척했다.

"그, 그그가?!"

고블린 제너럴은 그 공격마저도 흐트러진 상태에서 막아냈다.

──하지만 공격은 하나 더 남아 있었다.

【절창】을 투척하는 것과 동시에, 나는 나무를 발판으로 삼아 돌격했다.

그런 내 오른손에는【전검】이 쥐어져 있었다.

"그아?!"

그제야 내 돌격을 눈치챈 고블린 제너럴은 필사적으로 방어 태세를 취하려 했지만…….

"늦었어……!"

"가아아아아아아아아아아!"

나는 그 기세 그대로 고블린 제너럴의 몸을 두 동강 냈다.

고블린 제너럴은 그대로 천천히 쓰러지더니, 빛의 입자가 되어 사라졌다.

그것을 확인하고 한숨 돌린 후, 나는 아직 정신을 차리지 못한 여자애를 쳐다보았다.

"저 사람은 어떻게 하지……?"

내가 진심으로 당혹해하고 있을 때, 눈앞에 메시지가 떴다.

「레벨이 올랐습니다.」

아, 그러세요.

* * *

일단 고블린 제너럴의 드롭 아이템을 서둘러 회수한 후, 여자애에게 다가갔다.

여자애는 이 장소와 어울리지 않을 만큼 고급스러운 의복을 입고 있었다. 드레스를 직접 보는 건 처음이야…….

진짜로 어떻게 할지 고민하고 있을 때, 갑자기 누군가가 다가오는 기척이 느껴졌다.

"──님! ──렉시아 님!"

그 기척이 가까워지자, 인간의 목소리도 들려왔다.

그것보다, 렉시아 님이라는 건…… 이 아이를 말하는 걸까?

내가 그렇게 생각하며 한순간 주위를 둘러보니, 피와 살점이 꽤나 아찔한 광경을 자아내고 있었다. 뭐, 나도 속이 울렁거리지만 토할 정도는 아니네.

하지만 이 광경 속에서 이 아이를 찾는 인물과 마주쳤다간 오해를 살 게 뻔해…….

숨을까……?

나는 서둘러 근처 수풀에 몸을 숨기고 스킬【동화】를 발동했다.

곧이어 분위기가 험악한 병사들이 이곳에 나타났다.

다들 비슷한 갑옷을 걸친 가운데, 갑옷 위에 검은색 망토를 걸친 중년 남자가 주위의광경을 보며 경악했다.

"이, 이건……!"

역시 이 광경 속에서 마주치지 않아서 다행이다. 어마어마하게 경계하고 있으니 말이다.

주위를 경계하는 병사들이 근처 나무 둥치에 기절해 있는 여자애를 발견했다.

"레, 렉시아 님!"

병사들이 서둘러 다가가더니, 안부를 확인했다.

그리고 병사 중 한 명이 뭐라고 중얼거리자, 그 오른손에서 뿜어진 은은한 흰색 빛이 여자애의 몸에 닿았다.

저건…… 마법인가?! 우오오오, 엄청난걸!

내가 마법을 보며 흥분하고 있을 때, 병사들은 진심으로 안심한 표정을 지으며 한숨을 내쉬었다.

"방금 회복 마법을 썼으니 상처는 회복되었을 겁니다. 지금은 정신을 잃으셨을 뿐인 것 같군요."

"하아아아아…… 크게 다치지 않으셨다니, 안심이군……."

여자애의 안부를 확인한 병사들은 안심했지만, 곧이어 상냥히 안아 들고 주위를 경계하며 몸을 일으켰다.

"여기서 무슨 일이 벌어진 건지도 신경 쓰이지만, 이곳에 오래 있는 건 위험하겠지. 우선 귀환하자."

"""네!"""

중년 기사의 말에 다른 이들이 답하더니, 이 자리를 서둘러 벗어나기 시작했다.

그 모습을 본 나는 한숨 돌렸다.

"휴우…… 한때는 어찌 되나 했는데, 무사히 해결되어서 다행이야……."

꽤 어수선하기는 했지만, 이것이 나와 이세계 사람의 첫 만남이었다. 이야기는 못 나눴지만 말이다.

제4장 인생의 변화

오늘은 고등학교 입학식 날이다.

방학 동안 이세계에서 드롭 아이템을 계속 모았기에, 나는 결국 아르바이트 면접을 받지 않았다.

그뿐만 아니라 이세계에 있는 집에서 자급자족할 수 있어서 집 밖으로 거의 나가지 않았다.

뭐, 다행히 드롭 아이템을 계속 환금한 덕분에 지갑 사정은 좋아졌지만…… 무서운 나머지【아이템 박스】에서 함부로 꺼내 쓰지 못했다.

그런 내 스테이터스는 현재 이런 상태다.

【텐쬬 유야】
직업:없음, 레벨:233, 마력:5880, 공격력:7880, 방어력:7880, 민첩력:7880, 지력:5380, 운:8380, BP:0
스킬:《감정》, 《인내》, 《아이템 박스》, 《언어 이해》, 《진무술:6》, 《기척 감지》, 《속독》, 《요리:5》, 《지도》, 《간파》, 《약점 간파》, 《동화》.
칭호:《문의 주인》, 《집의 주인》, 《이세계 사람》, 《처음으로

이세계를 방문한 자〉

스킬을 포함해 레벨이 올랐고, 【진무술】 덕분에 만화 같은 움직임을 간단히 해낼 수 있게 된 덕분에 헛웃음이 나올 정도였다.

이 【진무술】을 위해 산 책의 내용도, 실전에서 살릴 수 있게 되었다.

뭐, 여전히 마법은 못 쓰지만 말이다.

참고로 고블린 제너럴의 드롭 아이템인 【마석】이 A랭크라는 것을 것을 보고, 상대가 A급 마물이었다는 것을 알았다. A랭크 마석이 500만 엔이라는 것을 알았을 때는 주저앉을 뻔했지만.

예전 일들을 떠올린다고 해서 그 시간으로 돌아갈 수 있는 것도 아니며, 입학식도 코앞이다.

"하아…… 우울해……."

하지만 나에게는 학교를 쉰다는 선택지가 없다. 게다가 오늘은 입학식이다.

수업 중에 아무리 훼방을 받더라도 돈을 내고 다니는 곳이다. 무엇보다 나는 공부를 열심히 해야 미래가 보일 것이다.

"응, 가자."

아무리 다짐해도 결국 우울한 기분은 풀리지 않았기에, 나는 가라앉은 심정으로 새로 장만한 교복을 입고 집을 나섰다.

* * *

음…… 왜 그럴까.

"저, 저기, 저 사람……."

"전학생일까?"

"우와아…… 다리 길다……."

"너, 너무 잘생긴 거 아냐?"

"혹시 모델?"

"그래도 저렇게 엄청난 미남은 본 적이 없는데……."

집을 나서고 우울한 기분으로 고등학교로 가고 있을 때, 괜히 의식하는 것도 아닌데도 왠지 모르게 시선이 많이 느껴졌다.

이유는 모르겠지만 다른 사람들에게 주목받고 기뻐하는 취향은 없었기에, 나는 매우 거북했다.

예전에도 시선을 받기는 했지만…… 그때 받던 멸시와는 종류가 다른 것 같았다. 진짜 어떻게 된 거지?

게다가 평소 같으면 통학 도중에도 놀림을 당하거나 심할 때는 주먹질이나 발길질을 당하며 돈을 빼앗겼지만, 오늘은 그런 짓을 당하지 않았다.

이유도 모른 채, 마침내 학교에 도착하고 말았다.

입구에는 반 배정표가 붙어 있어서 엄청난 인파가 몰려 있었지만, 누군가가 나를 발견하고 놀라면서 그 놀라움이 전염된 것처럼 내 주위에서만 인파가 빠져나갔다. 나는 모세가 아니라고.

하지만 사람이 알아서 비켜주는 걸 이용하지 않는 것도 좀 그래서 종이를 확인해 보니, 내가 배정된 반에는 집단 괴롭힘의 주범인 아라키의 이름도 있었다.

같은 중학교 출신이라고는 해도 반은 달라질 줄 알았는데……
아아…… 싫네…….

침울한 기분을 걷어내지 못한 채, 현관을 벗어나 체육관으로
향했다.

먼저 체육관에서 입학식을 한 후, 새 교실로 이동하게 된다.

입학식장인 체육관에 도착한 후에도 주위로부터 이상한 시선
을 받았지만, 묘하게도 괴롭히는 사람이 없었기에 무사히 입학
식을 마칠 수 있었다.

뭐, 원래는 그게 정상이지만 말이야.

아무튼 입학식이 끝난 다음에는 새로운 반에서 고등학교 설명
을 점심시간을 거쳐 학급회의 시간에 한 후, 해산하게 된다.

오늘 일정을 떠올리며 새로운 교실에 가자, 더 우울해졌다.

하아…… 싫네…….

교실에 들어가자 아니나 다를까 잘 모를 시선이 내게 쏠리는
데, 나는 그것을 최대한 의식하지 않으며 빈자리에 앉았다.

그리고 새 교실에 오고 얼마 안 되어, 아라키가 대뜸 나에게 말
을 걸었다.

"어이."

"어?! 무, 무슨 일이야?"

내가 머뭇거리며 묻자, 아라키는 미심쩍은 표정으로 물었다.

"너, 누구야? 처음 보는 얼굴이네. 전학생이냐?"

"뭐? 으음…… 나는 텐죠 유야인데…….."

"…………………뭐?"

아라키는 지금까지 본 적 없을 만큼 얼빠진 표정을 지었다.

하지만 아라키만이 아니라, 교실에 있는 모든 인간이 같은 표정을 짓고 있었다.

"농담하지 마. 딱 봐도 너는 그 망할 돼지 새끼가 아니거든? 너, 전학생이지?"

"아, 아니, 그러니까, 본인 맞는데……."

"어이어이어이어이어이, 이 자식이 지금 뭐라고 지껄이는 거야?!"

아라키는 소리를 질렀다.

그 목소리를 듣고 나는 흠칫했지만, 아라키만이 아니라 교실에 있는 사람 모두가 똑같이 생각하는지 눈을 크게 뜨고 있었다.

"어? 그럼 뭐야? 너…… 성형이라도 했다는 거냐?"

"그, 그럴 돈 없어. 방학 동안 열심히 다이어트했을 뿐이야."

사실은 레벨이 오르고 살이 빠진 거지만, 마물과의 전투를 생각하면 열심히 다이어트를 했다고도 할 수 있지 않을까?

나는 사실대로 말했지만, 아라키는 멍한 표정을 지었다.

무심코 주위를 둘러보니, 역시 다들 넋이 나가 있었다.

이윽고 정신을 차린 아라키는 뭔가 말하려던 했지만, 그때 선생님이 교실에 들어오는 바람에 혀를 차며 자기 자리로 돌아갔다.

* * *

"…………어?"

점심시간.

항상 괴롭힘을 당했던 나는 볼일 정도는 느긋하게 보고 싶어서 사람이 별로 없는 화장실에 갔는데, 거기서 거울에 비친 자기 모습을 보고 아연실색했다.

오늘은 웬일인지 아라키 패거리가 시비를 걸지 않아서 평화로운 시간을 보내고 있었다. 뭐, 그 평화가 언제까지 이어질지 몰라서 전전긍긍하고 있지만 말이다.

아니지. 그보다 지금 중요한 것은 거울에 비친 내 얼굴이다.

"이게…… 진짜로 나야……?"

거울에는 예전의 나와 판판이 된 얼굴이 깜짝 놀란 표정을 짓고 있었다.

여드름투성이였던 얼굴이 지금은 깨끗하다. 숱이 적던 머리도 지금은 굵고 살랑거리는 머리카락이 자랐다. 하관이 크던 턱은 작고 매끄러운 곡선을 그리고 있으며, 얇았던 입술 또한 도톰하다. 돼지 같던 들창코 또한 지금은 날이 뾰족하게 서 있다.

예전의 흔적이 전혀 남지 않은 내 얼굴을 무심코 만져 보며 확인했다. 응, 내 얼굴이 맞아.

…….

"어어어어어어어엇?!"

무심코 소리치고 말았다.

아니, 진짜로 누구야?! 나야?! 진짜로 내가 맞아?!

이제까지 나를 괴롭히던 콤플렉스가 깨끗하게 사라졌다.

나는 넋이 나간 채로 내 얼굴을 만졌다. 그리고 납득했다.

"확실히 이렇게 바뀌었으면, 다들 놀랄 거야……."

이것도 레벨업 효과인 걸까. 예전과는 비교도 안 될 만큼 외모가 좋아졌다.

"이 정도면 남한테 기분 나쁘다는 소리를 듣는 일도 줄어들지 않을까……?"

자기 얼굴을 정당히 평가하는 건 어렵다.

무엇보다 나는 자기 얼굴과 외모를 싫어했다.

하지만 이렇게 봐 줄 만한 외모가 된 것이 지금은 솔직히 기뻤다. 하지만 예전의 나를 아는 인간이라면 외모가 바뀌었어도 여전히 기분 나쁘게 여길지도 모른다.

"이제는 예전처럼 얼굴을 숨기려는 듯이 고개를 숙이고 다니지 않아도 되겠지……?"

지금의 나는 예전의 나와 달리 봐 줄 만한 얼굴이 되었다.

왠지 현실감이 들지 않아서 한동안 거울을 보고 있었지만, 지금이 점심시간이라는 것을 떠올리고 서둘러 교실로 돌아갔다.

그런 내 발걸음은 예전에 비해 매우 가벼웠다.

* * *

"뭐랄까, 순식간이네……."

일주일이 흘렀다.

그동안, 아라키를 비롯해 나를 괴롭히려고 하는 인간이 한 명도 없었다.

다들 멀찍이서 나를 볼 뿐, 말을 걸지 않았다. 아라키 패거리마저도 그러니, 내 변화는 그만큼 대단한 것이리라.

그렇게 평화로운 나날 말고도, 기쁜 일이 있었다.

스킬인 【언어 이해】는 아니나 다를까 영어에도 발동해서, 영어 수업이 매우 쉬웠다. 난 영어를 정말 못했거든.

순식간처럼 느껴졌지만, 오늘은 고대하던 휴일이다. 즐기지 않으면 손해다. 뭐, 청소하다 보면 시간이 금방 가겠지만.

"그래도 항상 같은 옷만 입고 다니는 것도 좀 그래······."

내가 입은 옷은 이세계에서 구한 것이며, 그 밖에 지금의 내 체형에 맞는 옷이라고는 교복과 체육복 뿐이다.

나는 패션에 흥미가 있는 것도 아닐뿐더러 애초에 패션 센스가 좋은 편이 아니지만, 항상 같은 옷을 입고 있는 것도 좀 그렇다.

빨아서 입더라도 겉모습에 변화가 없으니, 남이 보면 불결해 보일 것이다.

하지만 나는 거리에 나가는 것을 옛날부터 좋아하지 않았다.

시내에 나가면 항상 멸시하는 시선을 받았고, 운이 나쁘면 양아치한테 걸려서 두들겨 맞기도 했다.

하지만 컴퓨터가 없는 우리 집에서는 손쉽게 인터넷 주문을 할 수도 없으므로, 나는 필요한 것을 사기 위해 시내에 나갈 수밖에 없다.

"식재료라면 또 몰라도, 몇몇 일용품도 다 떨어졌잖아."

한숨이 저절로 나왔지만, 나가야 한다는 사실에는 변함이 없다. 나는 내키지 않는 발걸음으로 집을 나섰다.

"일용품은 꼭 사기로 하고, 옷은 어떻게 하지?"

나는 거리로 향하면서, 자기가 살 옷을 생각했다.

지갑에는 【아이템 박스】에서 꺼낸 5만 엔가량의 돈을 넣었으니까 부족하지는 않을 것이다.

"옛날의 나라면 입을 수 있는 옷의 종류도 얼마 안 되어서 고르는 게 편했지만…… 똑같은 옷을 계속 입는 것도 좀 이상하긴 하잖아……."

나는 어디서 옷을 사면 좋을지 모르기에, 일단 옷은 나중으로 미루고 우선 일용품부터 사러 가기로 했다.

* * *

"으음…… 떨어진 물건은 얼추 다 샀네."

시내에 나간 나는 원래 목적 중 하나인 일용품 구매를 마쳤다.

여기 있는 대형 쇼핑몰에서는 어지간한 것을 다 팔아서 옛날부터 이용했다.

그만큼 표적이 되는 일도 잦았지만 말이다.

애초에 사람이 많은 곳에 가서 좋았던 적이 거의 없다.

하지만, 지금의 나는 예전과 다르다.

외모가 바뀐 나는 예전처럼 고개를 숙이고 걸어 다니지 않아도 된다.

예전과 다르게 조금 자신감이 생긴 나는 앞을 똑바로 보며 걸었다.

"저, 저기, 저 사람……."

"말도 안 돼, 대체 누구야? 연예인인가?"

"미남에 몸매도 끝내주다니, 진짜 장난 아니네……."

"진짜 섹시하지 않아?!"

"그러고 보니, 오늘 여기서 패션 잡지 촬영을 한다고 들었는데……."

"저, 저기, 말 좀 걸어 보자."

"뭐, 정말?!"

왠지 주위에서 소곤거리는 사람이 많다고 생각하며 걸음을 옮기고 있을 때, 갑자기 처음 보는 여자들이 말을 걸어왔다.

"저, 저기, 너."

"어?!"

설마 양아치가 아니라 여자가 말을 걸 줄은 예상하지 못했던 나는 무척 놀랐다.

"그래. 혹시 한가하면, 누나들하고 놀지 않을래?"

"응? 응? 괜찮지?"

"아, 어, 저기……."

이게 뭐야?! 길거리 마케팅 같은 건가?!

여자가 말을 거는 상황에 익숙하지 않아서 당황한 나는 마음을 어찌어찌 진정시키며 정중히 거절했다.

자, 이럴 때는 상대의 기분이 상하지 않게 미안해하는 표정을 짓는 거야! 예전의 나라면 몰라도, 지금의 나라면 먹힐 거야. 아마도……!

"죄송한데…… 볼일이 있어서요……."

최선을 다해 미안해하는 표정을 짓자, 한순간 넋이 나간 여자들이 갑자기 허둥대기 시작했다.

"괘, 괜찮아! 신경 쓰지 마!"

"응, 방해해서 미안해!"

미안해하는 표정이 먹힌 건지, 여자들은 순순히 물러났다.

다행이다~! 옛날의 내가 그랬다면 경찰에 신고당하거나 욕을 왕창 먹었을 것이다.

진심으로 안도하며 이 자리를 벗어나자, 뒤에서 소곤거리는 목소리가 또 들려왔다.

"방금 얼굴, 장난 아니지?"

"장난 아니었어."

"쿨한 타입인가 했더니…… 그렇게 애완동물 같은 표정을 지을 줄은……."

"""아무튼 장난 아니야."""

"으?!"

어째서인지는 등골이 오싹했다. 뭐, 뭐야?

"괘, 괜찮아. 그것보다, 옷은 어디서 살까……."

쇼핑몰을 돌아다니면서, 그렇게 중얼거렸다.

여기에 왔을 때, 일단 남성용 의류를 취급하는 층을 확인했지만, 브랜드가 너무 많아서 뭐가 뭔지 알 수가 없었다.

"패션과는 연이 없이 살았잖아……. 돈도 없었고……."

뭐, 지금 복장은 너무 심플하긴 했다.

흰색 와이셔츠에 검은색 바지 차림이다.

윤기가 나고 푸른빛이 감도는 검정 가죽 신발과, 헬슬라임을 해치우고 손에 넣은 레어 드롭 아이템인 흑월의 목걸이.

음, 다시 생각해 봐도 패션과는 거리가 멀 정도로 심플한 복장인걸. 뭐, 옷 자체가 깜짝 놀랄 정도로 고급이라서 그런 느낌은 안 들지만.

쇼핑몰 내부를 둘러보며 걸음을 옮기고 있을 때, 갑자기 고함이 들려왔다.

"저기! 언제까지 기다리게 할 거야?!"

"죄송합니다! 죄송합니다!"

"죄송하다면 다야?! 나는 한 시간 넘게 기다리고 있거든?! 감히 나를 기다리게 하다니, 배짱 한번 좋네!"

"죄송합니다, 죄송합니다……!"

"저기…… 히카루 씨. 저는 괜찮아요."

"미우 양! 봐주면 안 돼! 상대가 늦잠을 자서 그런 거잖아!"

"그, 그건 그렇지만……."

"그리고 늦잠을 잔 이유를 물으니 숙취 때문이라고 하지를 않나, 사과 한마디도 안 하는데…… 어떻게 화를 안 내겠냔 말이야! 그에 비해 미우 양은 참 어엿하네. 이제는 완전히 유명해졌는데, 이렇게 겸손하잖아……. 지각한 망할 자식이 본받았으면 좋겠다 싶을 정도야."

"아, 아하하하……."

고함이 들린 곳을 쳐다보니, 화려한 핑크색 와이셔츠를 입은 근육질 남자가 황송하다는 듯이 연달아 고개를 숙이고 있는 정장 차림의 남자에게 화를 내고 있었다.

그리고 살짝 웨이브가 진 갈색 머리에 멀리서 봐도 용모가 빼어난 것을 알 수 있는 여자가 그 근육질 남자를 달래고 있었다.

저…… 혼란스러운 상황은 뭐지.

유심히 보니 근육질 남자는 카메라를 들고 있었고, 주위에는 촬영 기재 같은 것이 즐비하게 놓여 있었다.

촬영이라도 하는 걸까? 뭐, 이 근처에서는 유명인도 자주 보이는 것 같으니까 드라마 같은 걸 찍는 걸지도 몰라.

실제로 주위에는 일반인들이 잔뜩 모여서, 내가 상상하는 것보다 대단한 촬영인 것 같았다.

으음, 저 여자는 배우일까? 주위의 반응을 봐서는 꽤 유명한 것 같네.

나는 집에 TV가 없어서 유명인을 잘 모르니까, 그 여자가 누구인지 알 수 없었다.

"저래서야 저쪽 가게는 둘러볼 수 없을 테니까, 다른 곳에서 옷을 찾아볼까."

나는 그렇게 중얼거리면서 촬영 현장에서 돌아섰다.

"하지만 나한테도 스케줄이 있어. 그러니 그쪽에는 미안하지만, 미우 양만 촬영할래."

"그, 그건 안 됩니다!"

"안 되기는 무슨! 프로라면 그 정도는 받아들여! 딱히 앞으로 너희 모델을 한 명도 안 쓰겠다는 건 아니잖아? 뭐, 이번에 지각한 걔는 두 번 다시 안 쓸 거지만."

"아, 네……."

"그나저나 참 곤란한걸. 오늘 구도는 미우 양과 남자 모델 한 명을 써서 요즘 커플 느낌을 연출하는 건데……. 음, 이렇게 되면 이 쇼핑몰에 있는 일반인을 쓰는 것도 괜찮을지 몰라. 옷 사이즈는 다양하게 있지?"

"네, 일단 전부 갖췄습니다!"

"좋아. 그럼…… 아, 저 남자는 어떨까? 저기~! 거기 너!"

다른 곳이라고 해도, 전부 거기서 거기 같네. 내 센스가 꽝이라서 그런 걸까.

"생각에 잠긴 거기 너 말이야!"

응? 왠지, 누가 나한테 말을 거는 것 같은데…….

무심코 주위를 두리번거리니, 등 뒤에서 목소리가 들려왔다.

"그래! 지금 두리번거리는 너! 잠시 나 좀 볼래?"

"어?"

무심코 돌아보니, 화려한 와이셔츠를 입은 근육질 남자가 나를 보고 있었기에 그 자리에서 굳어버렸다.

게다가 근육질 남자만 아니라, 다른 스태프로 보이는 사람과 예쁜 여자애도 나를 보고 굳어 있었다.

한순간 나를 찾는 게 아니라고 생각했지만, 이 자리에 있는 사람은 나밖에 없고 다른 사람들은 멀찍이 떨어져서 구경하듯 서 있었다. 대체 왜……?

상대가 멈칫한 이유는 모르겠지만, 아무래도 나한테 볼일이 있는 것 같기에 다가가 봤다.

"저기, 무슨 일이죠?"

가장 눈에 띄는 근육질 남자에게 묻자, 우락부락한 남자의 뒤에서 번개가 치는 환영이 보였다. 어, 대체 뭐야?

이번에는 내가 놀라서 딱딱하게 굳자, 그는 갑자기 내 두 손을 덥석 움켜잡았다.

"너! 촬영에 협력해 주지 않을래?!"

"⋯⋯⋯⋯네?"

나는 그저, 멍하게 있을 수밖에 없었다.

* * *

──어쩌다가 이렇게 됐지?

"자아~! 괜찮은 느낌이야~! 그래그래! 아, 좀 더 요염한 느낌이면 좋겠네! 추파를 던져, 추파를!"

틀렸다. 하나도 모르겠다.

쇼핑몰에 옷과 일용품을 사러 왔을 뿐인데, 정신이 들고 보니 모델 같은 일⋯⋯ 아니, 진짜로 모델을 하게 되었다.

게다가 나 혼자만이 아니라, 엄청 예쁜 여자애와 함께 촬영하고 있는 것이다.

"유야 군! 표정이 굳었어! 스마일, 스마일!"

그게 안 된단 말이야!

표정이 더 딱딱해지는 것을 자각한 내가 어떻게 할지 고민할 때, 함께 촬영하는 여자 모델—— 미우 양이 미소를 지었다.

"유야 씨. 처음에는 다들 그런 식으로 긴장하기 마련이니까, 너무 의식하지 않아도 돼요."

"아, 네."

일단 진정하기 위해 심호흡하고, 내 옷차림을 다시 봤다.

현재 나는 심플한 와이셔츠와 검은색 바지에서, 흰색 드레이프 셔츠 위에 얇은 검은색 반소매 카디건을 걸치고 와인레드 스키니 팬츠를 입은 차림으로 체인지했다.

하나같이 내가 입어 본 적이 없는 옷이었기에, 촬영보다 이 옷 자체에 긴장하고 말았다.

문득, 나는 주위에 수많은 사람이 있다는 것을 눈치챘다.

이 쇼핑몰에 뭔가를 사러 온 손님들이겠지만, 지금은 나와 미우 양의 촬영 풍경을 멀찍이서 보고 있었다.

그중에는 이쪽을 향해 스마트폰을 들고 있는 사람도 있는데, 아무래도 이쪽을 촬영하는 것 같다.

"우와! 미우를 직접 보는 건 처음이야!"

"미우도 그렇지만, 같이 촬영하고 있는 남자는 누구야?! 너무 멋지지 않아?!"

"모델 아닐까? 미우와 함께 있는 데다, 저렇게 미남에 몸매도 좋잖아……."

"말도 안 돼! 그럼 저 남자가 실린 책을 찾아보자!"

응, 역시 이렇게 커다란 쇼핑몰에서 촬영하면 눈에 띌 거야.

"이제 팔짱을 껴!"

"네?"

주위의 시선에 정신이 팔렸을 때, 카메라맨이 그렇게 말했다. 팔짱을…… 끼라고?

아, 내 두 팔을 교차시키라는 건가?

갑작스러운 주문에 허둥대고 있을 때, 미우 양은 내 오른팔을 자기 왼팔로 감쌌다.

"어어?!"

"유야 씨? 왜 그래요?"

"아, 그게, 아, 아무것도 아니에요!"

실은 아무것도 아닌 게 아니거든요?!

팔짱을 끼라는 게 이런 의미였어?! 생각에 잠겼을 때처럼 내 두 팔을 교차시키라는 건 줄 알았어!

이렇게 여자와 몸을 밀착할 기회가 없었던 나는 아까보다 더 몸이 딱딱하게 굳었다.

아, 아니, 지금은 촬영 중이잖아. 어떻게든 평정심을 되찾아야 해…….

이번 사진은 커플을 의식한 것이라니까, 나도 그럴듯한 행동을── 무리입니다! 지금 이렇게 당황한 나한테는 그런 여유가 없어! 애초에, 그럴듯한 행동이 어떤 건지 상상도 안 돼!

하지만 아까보다 좀 진정했으니까──.

그렇게 생각했을 때, 나는 눈치챘다. 아니, 눈치채고 말았다.

"어머? 유야 군, 아까보다 표정이 딱딱하네?"

"그그그그, 그런가요?! 저저저, 정상인데요?!"

"으음, 약간 정상이 아닌 것 같네."

히카루 씨가 쓴웃음을 지었지만…… 어쩔 수 없잖아!

그게…… 미우 양의…… 가…… 가슴이……!

"유야 씨?"

"닿았어요!"

"네?"

"아, 아, 아무것도 아니에요! 네!"

무심코 말했다시피…… 미우 양의 가슴이, 내 팔에, 팔에에!

미우 양은 눈치채지 못한 걸까?! 그렇게 생각하며 미우 양의 얼굴을 힐끔 쳐다보니, 프로다운 표정으로 촬영에 임하고 있는 얼굴이 눈에 들어왔다.

이거, 눈치챘다 못 챘다의 문제가 아닌걸.

진지하면서도 자연스러운 미우 양의 표정을 보고, 나는 조금 차분해졌다.

깊이 생각하는 건 나중에 하자. 지금은 촬영에 집중해야 한다.

내가 마음을 다잡은 후, 히카루 씨는 다양한 포즈를 지시했다.

"그럼 미우 양이 유야 군의 목을 끌어안아."

"네엣?!"

"네!"

또 내가 놀랐을 때, 미우 양은 망설이지 않고 내 목에 팔을 두르며 포즈를 취했다.

틀렸다. 아까 팔과 달리, 이번에는 몸 전체에서 다양한 감촉이 이이이이이……!

모처럼 마음을 다잡았는데, 결국 내 표정과 몸은 아까보다 더 딱딱해졌다.

그 후로 다른 포즈를 취하며 어떻게든 진정하려고 노력했지만, 결국 긴장이 풀리지 않았기에 잠시 휴식하기로 했다.

"휴우……."

"수고했어요."

"아, 수고했습니다."

"옆에 앉아도 될까요?"

"아, 네! 그러세요!"

쇼핑몰이 있는 벤치에 앉아서 한숨 돌리고 있을 때, 미우 양이 나에게 말을 건넸다.

미우 양이 내 옆에 앉자, 나는 솔직한 마음을 입에 담았다.

"미우 양은 대단하네요."

"네?"

내가 갑자기 찬사를 보내자, 미우 양은 놀랐다.

"저는 이제까지 이런 옷을 입어 본 적이 없어요……. 게다가 패션과는 인연이 없이 살았죠. 그래서 잡지에 실린 모델을 봐도 별다른 생각이 안 들었는데…… 오늘, 그것도 이 짧은 시간 동안 모델 체험을 해 본 것만으로도 얼마나 힘든 일인지 알겠어요."

"아뇨……. 익숙해졌을 뿐이에요! 저도 처음에는 자주 실수해서, 툭하면 혼났다니까요."

"그렇더라도, 저한테는 어렵다고 생각해요. 포즈만이 아니라, 표정까지 요구받을 줄은 생각도 못 했다니까요…….”

“아하하하하…… 히카루 씨는 모델 업계에서도 표정에 가장 집착하는 걸로 유명한 분이니까요.”

히카루 씨란 화려한 셔츠를 입은 근육질 남자를 말하며, 그는 카메라맨이기도 했다. 전혀 그렇게 안 보여.

“하아…… 그래도 이대론…….”

촬영도 그렇지만, 나와 나이 차이가 많이 나지 않는 미우 양이 이렇게 활약하는 모습을 본 나는 자신이 얼마나 못났는지 실감했다.

서서히 심정적으로 달라지고 있다 생각했지만, 아직 멀었어.

아무래도 내가 불안한 표정을 짓고 있었던 건지, 미우 양은 그런 나에게 상냥한 어조로 이렇게 말했다.

“유야 씨. 조바심을 낼 필요는 없어요. 천천히…… 자기 페이스로 하면 돼요. 조금 더 자신감을 가지세요! 그리고 저는 오늘 유야 씨와 촬영하는 것만으로도 참 즐거우니까…… 유야 씨도 그렇게 생각해 준다면 기쁠 거예요.”

“아…….”

“물론 촬영만이 아니라, 무슨 일이든 즐기는 사람이 승리자 아닐까요?”

“즐기는…… 사람…….”

나는 최근까지 즐길 여유가 없었다.

필사적으로 살다 보니, 하루하루가 괴롭기 그지없었다.

하지만 지금은 다르다.

이세계로 이어지는 문을 찾은 후로, 나는…….

"제가…… 즐겨도 될까요……?"

"네, 물론이죠!"

상냥한 미소를 짓는 미우 양에게, 나도 어느새 자연스러운 미소를 보냈다.

"셔터어어어어어어어 차아아아아아아아아안스!"

조금 떨어진 곳에서 이상한 목소리가 들려왔지만, 나는 결국 알아듣지 못했다.

* * *

"고마워! 덕분에 살았어!"

"아, 아뇨. 도움이 되었다면 다행인데…… 저기…… 정말 이걸로 끝인가요?"

휴식을 마친 후, 어째서인지 촬영이 재개되지 않았다.

그뿐만이 아니라, 히카루 씨는 만족한 표정으로 우리에게 치하의 말을 건넸다.

이쪽 업계의 프로가 끝났다고 하니, 내가 이러쿵저러쿵할 필요는 없겠지만 말이야…….

그런데 어떤 사진을 쓰려는 걸까? 안 봐서 모르겠네.

그런 생각을 하고 있을 때, 히카루 씨가 갑자기 종이가방을 나에게 내밀었다.

"자, 받아!"

"어, 이, 이게, 뭔가요……?"

안을 보니, 거기에는 대량의 옷이 들어 있었다.

"실은 돈을 주고 싶지만, 일반인인 너한테 금전으로 사례하는 건 사무소 차원에서 조금 문제가 되거든. 그래서 이 옷이 이번 답례야! 네 사이즈에 맞춰 고른 거니까 안심해. 너한테 어울릴 만한 옷을 엄선했어!"

"네엣?! 이, 이런 걸 받을 수는 없어요! 저한테도 좋은 경험이 되었으니까……."

"됐으니까 받아! 일한 사람에게는 어떤 식으로든 보수가 발생해. 이건 사회의 상식이거든?"

"아, 으음…… 그렇다면…… 저기…… 감사합니다."

내가 고맙다고 말하자, 히카루 씨는 웃으며 고개를 끄덕였다. 좋은 사람이네.

히카루 씨에 대해 그렇게 생각하고 있을 때, 미우 양이 나에게 말을 건넸다.

"유야 씨. 오늘은 고마웠어요."

"아뇨. 저야말로 고맙습니다! 정말 귀중한 경험을 했고, 무엇보다…… 진지하게 일하는 이쪽 업계의 프로와 이렇게 함께 일한 건, 저에게도 어떤 식으로든 큰 보탬이 될 것 같아요."

내가 미소를 지으며 미우 양의 말을 빌려서 그렇게 답하자, 미우 양은 한순간 놀란 표정을 지은 후에 미소를 머금었다.

"다행이네요! 혹시 기회가 있어서 또 만난다면, 그때도 잘 부탁드릴게요!"

"네! 저도 미우 양을 응원할게요!"

훈훈한 분위기 속에서, 내가 자리를 뜨려고 한 순간이었다.

"예이~. 늦어서 죄송함다~."

잘생긴 남자가 우리 곁으로 다가왔다.

금발을 왁스로 세팅하고, 귀에는 화려한 피어싱을 했다.

옷 또한 센스 있게 갖춰 입었는데, 그 남자에게서는 미우 양과 비슷한 분위기가 느껴졌다.

하지만 동시에 미우 양과 전혀 다른 부분도 느껴졌지만, 나는 그것이 뭔지 알 수 없었다.

누구인지 몰라 내가 멍하니 서 있자, 아까까지 미소를 짓고 있던 히카루 씨의 이마에 시퍼런 힘줄이 돋았다.

"이 망할 꼬맹이가……!"

말투가 엄청 험악해졌다.

히카루 씨의 말투가 변한 것도 그렇고, 이 남자는 대체 누구지?

"저기…… 미우 양. 저분은 누구죠?"

"으음…… 오늘 원래 저와 촬영하기로 한, 남자 모델이에요."

나는 미우 양의 설명을 듣고 납득했다.

미우 양과 비슷한 분위기가 난다 싶었더니, 같은 모델이구나.

내가 혼자 납득하고 있을 때, 미우 양을 발견한 남자는 히죽거리며 다가갔다.

"미우~! 오늘 나와 촬영하기로 했잖아~. 어때? 나와 같이 촬영하게 되어서 기쁘지?"

"으, 으음……."

"뭐, 이딴 촬영은 빨리 끝내고 나와 같이 맛난 거라도 먹으러 가자."

그 남자가 미우 양의 어깨에 손을 얹자, 미우 양은 당혹스러워하며 어쩌면 좋을지 모르겠다는 표정을 지었다.

이건…….

"응? 괜찮잖아~."

"저기…….."

"아앙?"

내가 말을 걸자, 남자는 성가시다는 듯이 나를 쳐다보았다.

"너, 누구야? 그리고 말 걸지 마. 짜증 나게 하지 말고 꺼져."

나는 말을 걸었을 뿐인데, 독설을 들었다. 대체 왜?

나는 잠시 얼이 나갔지만, 곧 남자에게 다시 말을 걸었다.

"아니, 저기…… 미우 양이 곤란해하고 있으니까, 좀 떨어지는 편이 좋지 않을까요?"

"유, 유야 씨!"

"…………어?"

미우 양은 약간 당황한 투로 내 이름을 불렀고, 남자는 나를 노려봤다.

남자는 미우 양의 어깨에서 손을 떼더니, 나에게 다가왔다.

"너, 누구한테 그딴 소리를 한 건지 아는 거야?"

"네?"

누구한테? 나는 이 사람을 모르는데…… 유명한 사람인가?

내 태도가 마음에 안 드는지, 남자는 나를 더 매섭게 노려봤다.

"아무래도 말로 해선 안 되나 보네……."

"하아……."

분위기가 험악해진다 싶더니, 남자가 갑자기 나에게 달려들었다.

"그 태도가 마음에 안 들어……!"

"유, 유야 씨?!"

느닷없는 주먹질에 나는 놀랐지만, 고블린 엘리트나 고블린 제너럴과는 비교도 안 될 만큼 느려터졌다.

그리고 나 또한 두들겨 맞고 기뻐하는 취향은 아니라서, 몸이 멋대로 반응했다.

내 얼굴을 향해 날아온 주먹을 오른손 손바닥으로 받아낸 후, 그대로 남자의 팔을 비틀어 등 쪽으로 꺾으면서 쓰러뜨렸다.

"커억?!"

"대, 대단해……."

영문도 모른 채 공격당하는 바람에 반사적으로 몸이 반응해서 제압하긴 했지만…… 괜찮은 걸까? 나는 잘못 없지? 상대가 미남이라서, 미남은 무죄이고 내가 유죄가 된다면 울어버릴 거야. 그때는 확 이세계로 도망쳐 주겠어!

머릿속으로 내가 그런 생각을 하고 있을 때, 나한테 제압당한 남자가 아우성을 쳤다.

"나, 나는 복싱을 했거든?! 그런데 왜 이렇게 간단히……!"

그걸 내가 어떻게 알아.

애초에 나는 이 남자의 펀치를 보고도 상대가 복싱을 했다는 걸 몰랐다. 누구의 펀치나 다 똑같아 보였다. 고블린 제너럴에 비하면 느려 터졌거든……

고블린 제너럴 정도의 레벨이면 그냥 휘두른 일격도 위력이 엄청나니, 평범한 인간은 무술을 배우더라도 그 경지에 절대로 도달하지 못한다. 그래서 나는 스테이터스를 올리며 기술을 갈고 닦은 덕분에, 육체적으로 크게 차이 나는 마물과 싸울 수가 있는 것이다.

그러고 보니 미우 양이 당황한 것은 이 남자가 복싱을 했다는 걸 알기 때문일까? 그래도 그걸 강조하는 걸 보면, 이 남자는 뭐든 힘으로 해결하고 산 건가. 레벨업 전의 나라면 저항도 못 해 보고 당했을 거야. 약하던 시절의 내가 이 남자의 펀치를 봐도 뭐가 뭔지 몰랐겠지. 어떤 공격에든 그냥 당했을 테니 말이야.

내가 침울한 기분에 사로잡혀 있을 때, 히카루 씨가 남자 옆에서 몸을 웅크리더니 환한 미소를 지으며 말했다.

"폭력을 휘두르다니, 네 연예인 생명은 끝났네. 연예인이 아니더라도, 그런 건 범죄거든? 정말 유감이야……."

"뭐?! 즈, 증거가 있어?! 지금 당하고 있는 건 바로 나라고!"

주위 사람들이 봤다고 생각하는데…… 역시 미남의 편을 드는 걸까? 나, 울 준비를 하면 되는 거야?

하지만, 내가 울 필요는 없었다.

히카루 씨가 악마 같은 미소를 지으며 손에 들고 있던 카메라를 남자에게 보여줬다.

"네가 먼저 주먹을 날리는 걸, 전부 녹화했어♡"

"큭, 빌어먹으ㅇㅇㅇㅇㅇㅇㅇㅇㅇㅇㅇㅇㅇㅇㅇㅇㅇㅇㅇ을!"

남자는 그 자리에서 격렬하게 저항했지만 내 몸이 꼼짝도 하지 않자 결국 체념했고, 마지막에는 스태프에게 연행되었다.

"정말…… 마지막에 이런 짜증 나는 일을 겪을 줄은 몰랐어! 하지만…… 유야 군은 정말 강하네. 저 녀석, 저래 봬도 복싱으로 꽤 괜찮은 성적을 냈다고 들었거든……."

"우, 우연이에요! 아하하하하……."

말할 수 없다. 이세계에서 단련하고 있다고 말할 수 있을 리가 없다.

아무튼 나는 미우 양에게 말을 건넸다.

"괜찮아요?"

"어? 아…… 저기…… 고마워요!"

미우 양은 내 목소리를 듣고 약간 놀라더니, 볼을 살짝 붉히면서 힘차게 고개를 숙였다.

"아…… 신경 쓰지 마세요! 저도 입 다물고 있는 편이 낫나 싶어 망설였거든요!"

"아뇨…… 요즘 들어 저 사람이 저를 계속 성가시게 쫓아다녔거든요. 정말 감사해요!"

어, 뭐야. 무서워라.

저 사람, 스토커 같은 짓도 한 건가?

"분위기가 좀 이상해지기는 했지만…… 오늘은 정말 고마워요. 언제 또 볼 수 있으면 좋겠네요."

"네! 또 봐요!"

"유야 군, 오늘 고마웠어!"

나는 이 자리를 벗어나며, 아까 있었던 일을 돌이켜봤다.

갑자기 모델을 해 달라는 말을 들었을 때는 당황했지만, 결과적으로 좋은 경험을 한 것 같아 다행이다.

옷 또한 그쪽 업계의 프로가 고른 것을 얻었으니, 결과적으로 잘되었다 싶었다.

그건 그렇고…… 그 남자가 어떻게 될지는 모르겠지만, 연예계는 참 무섭네.

나는 그런 생각을 하지 않을 수가 없었다.

* * *

"저 아이는 대체 정체가 뭘까……."

유야가 사라진 후, 히카루는 감탄 섞인 한숨을 내쉬었다.

"몸매가 끝내줄 뿐만 아니라, 저렇게 외모도 좋은 애는…… 나도 연예계에 오래 몸담고 있었지만, 저런 사람은 본 적이 없어. 게다가 업계인도 아니라니……."

"정말 대단했어요~! 남자인데도 넋 놓고 쳐다봤다니까요."

"아, 이해해! 뭐랄까…… 모든 이를 매료시키는 섹시함이 있었어요."

"그래도 모델 촬영 자체는 처음인지 좀 어색했지만요."

"그래도 그 점이 또 좋은 분위기를 냈다는 게 대단해!"

히카루의 말에 동조하듯, 오늘 촬영에 참여한 스태프들이 유야 이야기를 하기 시작했다.

스태프들의 반응에 쓴웃음을 짓던 히카루는 돌아갈 준비를 하는 미우에게 말을 건넸다.

"맞다. 미우 양, 오늘 사진을 확인해 볼래?"

"아, 그래도 될까요?"

"물론이야! 자, 마음껏 봐."

사진 데이터는 전부 컴퓨터로 옮겨서, 미우는 카메라가 아니라 컴퓨터로 사진을 확인했다.

"이렇게 보니, 유야 씨는 정말 대단하네요. 프로가 아니니까 표정이 딱딱한 건 어쩔 수 없지만, 그런 게 신경 쓰이지 않을 정도로 유야 씨에게 몰입돼요……."

"역시 그렇지? 이번에는 패션 잡지의 촬영이어서 메인은 옷이지만…… 그에게 시선이 가고 말아."

그렇다. 원래 패션 잡지의 촬영은 모델보다 옷이 메인이다. 그리고 옷의 가치를 올리기 위해 미우 같은 유명 모델을 기용하는데, 본인은 그 역할을 완벽하게 완수했다.

하지만 유야는 메인이 되어야 할 옷을 집어삼키는 것 같을 정도로 두드러지고 있었다.

"게다가 유야 군만 돋보인다면 다시 찍었겠지만…… 유야 군을 돋보이게 하려고 옷의 매력도 극한까지 발휘되고 있으니 어쩔 수가 없어."

그렇다. 다시 찍지 않은 건, 유야가 메인이면서도 옷 또한 더할 나위 없을 만큼 매력을 드러낸 덕분에 결과적으로 목적을 달성

했기 때문이다.

그런 히카루의 고뇌를 안 미우는 쓴웃음을 머금었다.

바로 그때, 어느 사진에 시선이 멈췄다.

"어머? 이 사진……."

"아, 미우 양도 눈치챘어?"

미우의 눈에 들어온 것은 휴식 중에 담소를 나누는 유야의 사진이었다.

그 사진은 별것 아닌 일상의 한 장면 같았고, 원래 히카루가 촬영의 콘셉트로 잡았던 자연스러운 커플 사이 같은 한 장이었다.

사진 속의 미우도 자연스럽고 매력적인 미소를 짓고 있었고, 유야에 이르러서는 마치 사진에 빨려드는 듯한 느낌이 들 정도의 매력을 드러내고 있었다.

"그 사진을 이번 메인으로 삼을까 해. 정말 멋지지 않아?"

"그, 그러네요……. 이 사진의 유야 씨, 정말…… 저기…… 매력적……."

미우도 유야를 처음 봤을 때부터 범상치 않은 외모에 눈길을 빼앗겼지만, 눈앞의 사진에 실린 유야를 보니 뺨이 저절로 달아오르는 느낌이 들었다.

"어머? 어머어머? 미우 양, 얼굴이 빨개졌네~?"

"네?! 아, 아니거든요?!"

그 변화를 눈치챈 히카루는 히죽거리며 미우를 쳐다보았다.

"뭐, 그런 걸로 해둘게."

"으, 으으…… 그렇게 얼굴이 빨개요?"

"마치 사과 같아. 하지만, 지금의 미우 양도 참 매력적인걸?"

"그, 그런가요?"

히카루가 갑자기 상냥한 시선을 머금자, 미우는 고개를 갸웃거렸다.

"후후……. 저 사진의 미우 양도 평소의 미우 양과 다른 매력이 넘쳐흘러. 앞으로도 온갖 촬영을 하게 되겠지만, 이 순간의 표정과 마음을 잊으면 안 돼."

"아…… 네!"

유야에게 귀중한 경험이 된 이번 촬영은, 촬영에 참여한 모든 사람들에게도 귀중한 체험이 되었다.

* * *

모델 일을 한 다음 날.

나는 집으로 돌아가서, 일용품 말고도 필요한 것…… 가전제품 등을 살 걸 그랬다고 후회했다.

우리 집 TV는 화면이 안 나온다.

디지털이 아니라, 아날로그 TV이기 때문이다.

나는 신문도 받지 않기에, TV를 안 보면 뉴스를 알 수 없다.

그 밖에도 오래되어서 고장 직전인 가전제품이 몇 가지 있다.

"실수했네……. 하지만 오늘은 또 학교에 가야 하니까……."

유감이지만, 오늘부터 또 학교에 가야 한다.

"생활하는 데 돈이 필요하니까, 이세계에도 가야 하고…… 하아…… 학교에 가는 것보다 이세계에서 마물을 퇴치하는 게 훨씬 마음 편해…….”

불평을 늘어놓으면서도 결국 학교로 향하는 나는 참 얼간이일 것이다. 오늘부터 또 일주일 동안 학교에 다녀야 한다는 생각에 우울해하며 집을 나섰을 때, 누군가가 나에게 말을 걸었다.

“이봐, 너.”

“응?”

목소리가 들린 방향을 쳐다보니, 내 남동생인 텐죠 요타와 여동생인 텐죠 소라가 나를 노려보고 있었다.

우와, 만나기 싫은 인간과 마주쳤네.

언젠가는 만날 거라고 생각하기는 했지만, 그게 지금일 필요는 없잖아…….

나는 마음속으로 우울해하면서 일단 물어봤다.

“으음…… 무슨…… 일이야……?”

“무슨 일? 조무래기 형 주제에 건방진 짓거리를 해놓고, 무슨 일이냐고?”

“…….”

그런 말을 들었지만, 나는 이유가 짐작조차 되지 않았다.

내가 진심으로 당혹스러워하자, 소라가 나를 깔보는 태도로 입을 열었다.

“요즘 우리 친구들 사이에서 소문이 돌고 있어. 우리 집의 쓰레기 첫째가 엄청난 미남이 되었다는 소문이야. 헛소문이라고 생각해서 무시하고 있었는데, 소문이 사라지지 않으니까 확인하러 온 거지."

"뭐……?"

소문? 어, 내 소문이 났다고?

"그래서 확인하러 와본 건데…… 망할 형, 너…… 무슨 짓을 한 거야?"

"무슨 짓……?"

"시치미 떼지 마! 이렇게 싹 달라졌으면서 말이야!"

아…… 응.

확실히 내 외모는 크게 변했다. 극적으로 살이 빠졌고, 얼굴 또한 확 달라졌다.

하지만 이세계에서 레벨을 올렸더니 이렇게 변했다고 설명할 수도 없잖아…… 게다가 이세계의 존재를 믿어 줄지라도, 두 사람에게는 그 이야기를 절대로 하고 싶지 않다.

두 사람은 나뿐만이 아니라 할아버지도 무시했었다.

그런 녀석들에게, 나의…… 할아버지의 물건에 관해, 알려줄 이유가 없다.

내가 그런 생각을 하고 있을 때, 좀 진정이 된 듯한 요타가 깔보는 듯한 투로 말했다.

"흥. 성형을 한 거지? 성형으로 얼굴을 뜯어고치다니…… 그래봤자 모조품이란 사실에는 변함이 없는데. 그런데, 돈은 어디서 났어? 혹시 네 집이라도 팔아치웠냐? 하하하하하!"

"……."

성형한 게 아닌데…….

그리고 내 몸이 유전자 구조부터 완전히 변했다는 것을, 본능이 알려주고 있었다.

요타는 성형을 모조품이라고 말했지만, 그것은 예뻐지는 걸 포기하지 않고 조금이라도 나아지려 한 인간의 노력이다.

요타는 그걸 부정하고, 무시했다.

요타 같은 생각을 가진 사람이 이 세상에는 더 많은 걸까? 그렇다면…… 슬픈걸.

자기 자신을 가꾸려는 노력과, 예뻐지려는 마음은 진짜라고 생각하는데.

길거리에서 언성을 높이자, 주위 사람들이 흥미롭다는 듯이 우리를 쳐다봤다. 부끄러워…….

"뭐, 되었어. 어쨌든 망할 형이 우리한테 이길 수 있는 부분이라곤 하나도 없거든."

"그래. 머리도 나쁘고, 장래를 생각해도 너는 미래가 없어."

"공부도 못하고, 운동도 꽝…… 어차피 너는 열등종이라고!"

"……."

무시당하고 있지만, 전부 사실이기에 나는 대꾸하지 못하며 그저 묵묵히 듣고만 있었다.

바로 그때, 아무 말 없이 구경꾼처럼 우리를 쳐다보던 학생들이 갑자기 소란을 피웠다.

"응? 뭐야?"

요타와 소라도 그 소란을 눈치채고 의아하다는 듯이 고개를 갸웃거렸을 때, 리무진 한 대가 우리 근처서에 멈췄다.

"앗?!"

"어?"

부자들이나 탈 법한 길다란 리무진이 갑자기 나타난 바람에 우리가 말문이 막혔을 때, 리무진의 문이 열리면서 여자 두 명이 내렸다.

한 사람은 집사복을 입은 매우 아름다운 여자, 다른 한 사람은 ――.

"텐죠 유야 씨…… 맞죠?"

"어?"

어디선가 들은 적이 있는 목소리였다.

흰색을 베이스로 한 블레이저 타입의 교복을 입었고, 윤기 넘치고 매끄러운 검은 머리를 허리 언저리까지 길렀다.

가련한 숙녀를 연상하게 하는 그 소녀에게서는 우리 같은 일반인과 다른 압도적인 아우라가 감돌고 있었다.

그리고 나는…… 눈길을 빼앗겼다.

모델인 미우 양과는 또 다른 타입의, 매우 아름다운 소녀였다.

용모도 그렇지만, 나를 똑바로 바라보는 눈동자와 부드러운 분위기에 완전히 빨려 들어갔다.

어느 학교 교복이지……?

내가 무심코 그런 생각을 했을 때, 요타가 목청을 높여 외쳤다.

"오, 오오, 『오세이 학원』의 교복?!"

"뭐?!"

『오세이 학원』.

나도 그 이름을 알고 있을 만큼 유명한 고등학교이며, 졸업 후에는 자동으로 『오세이 대학』에 진학할 수 있다.

공부는 물론이고 온갖 분야에서 활약하는 인간이 다수 재적해서, 학교 졸업생이 각 업계의 최고봉에 있다고 한다. 우리와는 사는 세계가 완전히 다른, 엘리트의 길을 일직선으로 내달리는 듯한 학교다.

입학만 한다면 장래가 보장된다고 해도 과언이 아닌 고등학교이기에, 누구나 그 학교에 입학하기를 꿈꾸며 목표로 삼는다.

물론 조금만 생각해 보면 알 수 있겠지만, 그런 학교인 만큼 입학하기가 매우 어렵다.

그런 학교의 학생이, 왜 이런 곳에……?

내 표정에서 그런 감정이 드러난 건지, 눈앞의 소녀는 기품 어린 미소를 머금었다.

"후후. 잊은 건가요? 일전에 편의점에서 제가 남자들에게 붙잡혔을 때……."

"어? 아…… 아아아아아아아아?!"

생각이 났다.

나는 일전에 남자들에게 붙잡힌 한 여자애를 구했다……. 아니, 대신 두들겨 맞은 적이 있다.

그때는 여자와의 대화에 익숙하지 않아서, 얼굴도 보지 않았지만…….

"기억이 났나요?"

"아, 네. 그것보다, 제 이름을 어떻게……?"

"유야 씨에게 보답하고 싶어서, 실례인 줄 알면서도 조사했답니다."

"네엣?!"

조사했다니…… 뭘 조사한 거지? 뭐, 조사해 봤자 별다른 정보는 나오지 않았을 테지만…….

내가 조사 내용이 뭘지 신경 쓰고 있을 때, 그 여자애는 의아하다는 듯이 고개를 갸웃거렸다.

"그건 그렇고…… 유야 씨, 살을 빼셨나요?"

"어? 아, 네."

살을 뺀 정도가 아닐 만큼 변했다고 생각하지만, 눈앞의 여자애의 반응을 보니 그냥 살이 좀 빠졌을 뿐인 듯한 느낌이 들었다. 뭐, 그럴지도 몰라.

내가 완전히 혼란에 빠져 있을 때, 집사복 차림의 여자가 소녀에게 차분하게 말했다.

"아가씨. 서론은 그쯤 하시고, 본론을……."

"맞아요!"

그제야 생각났다는 표정으로 그렇게 말한 여자애는 나를 향해 미소를 지으며, 터무니없는 소리를 입에 담았다.

"유야 씨──『오세이 학원』에 오지 않겠어요?"

* * *

나는 무슨 말을 들은 건지, 바로 이해하지 못했다.

너무 갑작스러운 말이라 넋이 나간 상태로 멍하니 있었는데, 소녀가 말을 이었다.

"소개가 늦었군요. 저는 호죠 카오리라고 해요. 그리고 『오세이 학원』 학생회 임원이랍니다."

우아하게 인사한 소녀—— 호죠 양을 본 나는 아직도 넋이 나가 있었다.

그리고 겨우 정신을 차린 나는 겨우 짜낸 듯한 목소리로 물었다.

"저, 저기…… 『오세이 학원』에 오라고 했는데…… 그게 무슨 뜻이죠……?"

내가 질문하자 호죠 양이 아닌 집사복 차림 여자가 대답했다.

"텐죠 님. 카오리 님의 아버님께서는 『오세이 학원』의 이사장이시며, 일전에 텐죠 님께서 카오리 님을 악한으로부터 지켜주셨다는 이야기를 듣고 저희 학교로 모시고 싶다 하셨습니다."

"아…… 저는 그저……."

지켜줬다고는 도저히 말할 수 없다.

한심하게도, 일방적으로 두들겨 맞았으니까.

하지만 그런 내 심정을 눈치챈 건지, 호죠 양은 상냥한 표정으로 말했다.

"유야 씨. 다른 분들이 보고도 못 본 척하는 가운데, 당신만은 나서 주셨어요. 그건, 아무나 할 수 있는 게 아니에요. 당신은 분명 저를 지켜주셨어요."

"아……."

순수하게 감사하는 마음을 느낀 나는 가슴이 훈훈해지는 것과 동시에, 약간 멋쩍어졌다.

그런 나에게, 호죠 양이 물었다.

"어떠신가요?"

"말씀은 감사하지만, 저는 딱히 뛰어난 면이 없어요.『오세이 학원』에 편입할 학력도……."

"아, 그거라면——."

"저기!"

호죠 양이 무슨 말을 하려던 순간, 지금까지 입을 다물고 있던 요타가 그 말을 끊으며 끼어들었다.

호죠는 방해를 받았으면서도 여전히 상냥한 미소를 머금으며 말했다.

"무슨 일이죠?"

"저기, 우리를 입학시켜주지 않겠어요?"

"네?"

요타는 자신만만한 표정으로 말했다.

"저기 있는 저딴 녀석보다 우리가 훨씬 뛰어나니까, 우리를 입학시키는 게 훨씬 나을 거예요!"

"맞아요! 우리는 지금 학교에서도 상위권 성적을 유지하고 있고, 운동 면에서도 대활약할 거예요! 학교에서도 다양한 운동부에 도우미로 참가하고 있으니까요!"

요타의 말에, 소라도 편승하듯 그렇게 말했다.

"그러니까, 내년에는 꼭 우리를——."

"거절하겠어요."

"…………네?"

요타가 자신만만하게 말을 이으려던 순간, 이번에는 호죠 양이 그 말을 끊으며 딱 잘라 거절했다.

"어, 아니, 저기…… 방금, 뭐라고……?"

"그러니까, 거절하겠다고 말했어요."

요타와 소라는 거절당할 줄 몰랐는지, 얼이 나갔다.

나도 이렇게 딱 잘라 거절할 줄은 몰랐다.

사실, 나보다 저 두 사람이 더 우수했다.

나도 매일 예습 복습을 하지만, 성적은 뛰어난 편이 아니다. 운동은 말할 것도 없다.

납득 못한 요타가 호죠 양에게 물었다.

"어, 어째서죠?! 저딴 녀석보다 우리가 더——."

"말이 안 통하는군요."

"어……."

방금까지 밝고 상냥한 표정을 짓고 있던 호죠 양이, 엄숙한 태도로 두 사람에게 딱 잘라 말했다.

"저는 유야 씨를 은인으로 생각해요. 그런 유야 씨를 모욕하는 분을, 제가 입학시키고 싶어 할까요?"

"그, 그건……."

"그리고 당신들의 평소 행실 또한 이미 조사를 마쳤답니다."

"네?!"

호죠 양의 말에, 요타와 소라는 깜짝 놀랐다.

그리고 호죠 양이 옆에 있는 집사 차림의 여성에게 눈짓을 보내자, 집사 여성이 담담한 어조로 말했다.

"텐죠 님을 『오세이 학원』에 초대하기에 앞서, 텐죠 님의 주변 조사를 했습니다. 물론 인간관계도 말이죠. ……그 결과, 당신들이 텐죠 님뿐만 아니라 다른 학생도 집단으로 괴롭히고 있음이 판명되었습니다. 물론 당신만이 아니라 수많은 학생…… 그리고 교사까지 이 괴롭힘에 가담한 것이 발각되었죠."

"뭐……."

요타와 소라는 집사 여성의 말에 말문이 막혔다. 물론 나도 마찬가지다.

내 이름만 조사한 게 아니라, 인간관계도 조사한 거야?!

내가 당혹스러워하는 사이, 소라가 즉시 반론했다.

"즈, 증거라도 있나요?!"

"증거의 유무가 이 일과 어떤 연관이 있죠?"

"그야, 우리한테 죄가 없다는 것을 증명하기 위해——."

"그런가요. 그럼 딱 잘라 말씀드리죠. 증거라면 있습니다. 있지만, 저희한테 아무래도 상관없는 일이죠."

"아무래도 상관없다니……?!"

"그렇지 않나요? 저희는 텐죠 님을 『오세이 학원』으로 모시고 싶을 뿐이니까요. 그리고 저희가 손에 넣은 정보를 통해, 당신들을 입학시키고 싶지 않다는 결론을 내렸죠. 참, 안심하시길. 당신들의 정보를 언론에 흘릴 생각은 없습니다. 뭐…… 내신에는 영향을 끼칠지도 모르지만 말이죠."

여자 집사의 말에, 소라와 요타는 반박하지 못했다.

호죠 양이 다시 눈짓을 보내자, 여자 집사는 세련된 몸짓으로 예를 표하며 뒤로 물러났다.

"아까 말을 하다 말았는데, 저희 학교에 입학 및 편입하는 건 그렇게 어렵지 않아요."

"네?!"

"『오세이 학원』은 행실이 올바르다고 할 정도는 아니더라도, 평소 좋은 일을 한 사람이라면 간단하게 입학 및 편입이 가능하답니다. 학력도 공부를 통해 얼마든지 높일 수 있고요. 그런 점보다 인간성을 중시해요. 그러니 당신들이 입학하는 건 불가능한 거죠."

호죠 양이 딱 잘라 말하자, 요타와 소라는 절망했다.

내가 다니는 학교는 중고 일원화지만, 다른 학교로 진학하는 사람도 물론 있다.

그런 사람들은 보통 지금 학교보다 급이 높은 학교를 고른다.

그리고 요타와 소라의 반응을 보면 저 둘도 다른 학교로 진학할 생각인 것 같으며, 그들이 목표로 삼은 고등학교가 바로 『오세이 학원』인 것이리라.

확실히 그런 최정상급 고등학교가 근처에 있다면, 요타와 소라가 그 학교로 진학하려 하는 건 필연적인 일이리라. 두 사람의 학력이라면 문제없을 테고 말이다.

하지만 그들이 목표로 삼은 학교의 학생…… 그것도 이사장의 딸한테 입학이 불가능하단 말을 들었으니, 이런 반응을 보이는 것도 당연하다.

두 사람과 이야기할 때와는 다르게 다시 미소를 머금은 호조 양이 나를 쳐다보았다.

"죄송해요. 이야기가 옆으로 좀 샜군요……. 그래도 방금 말한 이유에 비춰볼 때, 유야 씨가 『오세이 학원』에 편입하는 데는 아무런 문제도 없어요."

"그, 그렇군요……."

뭐랄까, 『오세이 학원』의 방침은 참 독특한걸…….

보통 학력이나 운동 실력을 중시할 텐데, 이렇게 딱 잘라 그런 것들은 중요하지 않다고 말하다니…….

내가 표정을 무심코 굳히자, 호조 양은 미소를 지으며 말했다.

"우선 지금 바로 저희 학교에 오시지 않겠어요? 그리고 아버…… 이사장님과 이야기를 나눈 다음에 결정해 주셔도 괜찮으니까요."

그렇게 말한 호조 양은 나에게 리무진에 탈 것을 권했다.

여자 집사도 호조 양이 이렇게 말할 줄 예상했는지, 문을 열고서 대기하고 있었다.

"참, 유야 씨. 아까 저 두 사람의 정보는 공표하지 않겠다고 말씀 드렸지만, 교사는 이미 징계면직 처분을 받았으니 안심하세요."

"네에?!"

뭘 안심하라는 거지?! 나는 그 정보 수집력과 빠른 행동력에 무시무시하다는 생각밖에 안 들거든?!

아니, 교사한테도 괴롭힘을 당하기는 했어! 체벌은 당연하고, 집단 괴롭힘을 부추기는 짓도 반에서 했거든!

그 뜻밖의 말에 내가 또 놀라고 있을 때, 미소를 머금은 호죠 양이 망연자실한 요타와 소라에게 인사했다.

"그럼 이만 실례하겠어요."

그리고 나는 그대로 『오세이 학원』으로 향했다.

* * *

유야 일행이 사라진 후, 이 주변은 시끌벅적해졌다.

"아까 그 사람들, 대단하네!"

"역시 엘리트인 『오세이 학원』 학생…… 감도는 아우라가 우리와 달라."

"아까 그 여자애도, 그리고 집사도 진짜 예뻤다고!"

"이야기를 나누던 남학생도 끝내주는 미남이었어……. 눈이 호강했네."

"그런데 저 두 사람…… 잘은 모르겠지만 『오세이 학원』으로부터 입학 거부를 당했지?"

"응? 뭐, 안됐네."

별별 말을 다 들은 요타와 소라는 얼굴을 새빨갛게 붉혔다.

"요, 용서 못 해……. 감히 우리를 이렇게 무시해……?!"

"응, 절대로 용서 못 해……!"

요타는 리무진이 사라진 방향을 매섭게 노려보았다.

"반드시 후회하게 해 줄 거야……."

그 중얼거림은 주위 소음에 묻히고 말았다.

제5장 오세이 학원

"――."

급변하는 상황에 머리가 따라가지 못하는 사이, 나는 어느새 『오세이 학원』의 교문 앞에 도착했다.

서양의 성에나 있을 법한, 학교 교문으로는 도저히 보이지 않는 멋들어진 문이 눈에 들어왔다.

그뿐만이 아니라, 문 너머에는 마치 궁전처럼 보이는 커다란 건물과 광대한 운동장이 펼쳐져 있었다.

어, 아니, 저기…….

정말 크네요.

"『오세이 학원』에 오신 것을 환영해요!"

넋이 나간 나에게, 호죠 양이 미소를 지으며 그렇게 말했다.

그리고 나는 마치 꿈을 꾸는 심정으로, 호죠 양을 따라서 교문 안으로 들어갔다.

HR 시간인지, 우리 말고는 복도에 사람이 없었다.

"저, 저기…… 괜찮은 거예요?"

"뭐가 말이죠?"

"음…… 주위에 학생이 없는 걸 보면 HR 시간인 게…….."

나는 소심해서 지각을 몹시 무서워하는 만큼, 호죠 양이 지각해도 괜찮은지 걱정되었다.

그러자 호죠 양은 기품 있는 미소를 지었다.

"후후후. 괜찮아요. 여기 오기 전에도 말했다시피, 아버지가 학교 이사장니까요. 게다가 늦을 거라고 미리 연락했으니까 괜찮답니다."

"그런가요……."

아무래도 괜한 걱정이었던 것 같다. 다행이다.

나 때문에 혼나기라도 한다면 미안할 것 같거든.

그건 그렇고, 이렇게 커다란 학교의 이사장이라니…… 호죠 양의 태도가 참 고상하다고 느꼈는데, 역시 부자인 걸까. 기품(?)이란 것을 갖췄으리라.

나한테서는 가난뱅이의 아우라가 넘쳐흐르겠지만 말이야.

아, 그리고 보니…… 돌아가는 길에 슈퍼마켓에 들러야겠다. 오늘은 달걀을 특가로 파는 날이거든.

그런 서민적인 생각을 하면서 호죠 양을 따라가자 어느새 이사장실이라 적힌 문 앞에 도착했다.

호죠 양이 그 문에 노크를 하자, 안에서 굵직한 남자 목소리가 들려왔다.

"들어오게."

"실례하겠습니다."

"시, 실례하겠습니다!"

나는 온몸에 힘이 들어간 상태에서 그렇게 대단한 후, 호죠 양에 이어 안으로 들어갔다.

안에 들어가 보니 누가 봐도 고급스러운 가죽 소파와 차분한 갈색 테이블이 있는데, 안쪽에 놓인 집무용 책상에는 잘생긴 중년 남자가 앉아 있었다.

그 남자가 호죠 양의 아버지 같았다. 유심히 보니, 닮은 듯한 느낌도 들었다.

중년 남자는 방에 들어온 나를 보고 한순간 놀란 듯한 표정을 지었지만, 곧장 따스한 시선으로 맞이했다.

"잘 왔네. 나는 이 『오세이 학원』의 이사장인 호죠 츠카사라고 하네. 텐죠 유야 군…… 자네 이야기는 딸에게 들었지. 딸을 구해줘서 고맙네."

상대가 정중하게 인사하고 머리를 숙이자, 나는 허둥지둥 빨리 만류했다.

"그, 그러지 마세요! 저는 딱히 대단한 일을 한 게……."

"아니, 자네가 어떻게 생각하든 행동에 나선 건 사실이지. 그건 자랑해 마땅할 일이라네."

"그래요, 유야 씨. 다시 감사 인사를 드릴게요."

두 사람이 그렇게 말하자, 나는 황송하기 그지없었다.

"아, 알겠습니다……."

"고맙네."

내가 인사를 받아들이자, 두 사람은 도로 머리를 들었다.

그리고 문득 신경 쓰인 점을 물어봤다.

"그러고 보니 호죠 양은 왜 그때 혼자였죠? 보디가드는……."

"유야 씨, 서먹서먹하게 부르지 마시고, 카오리라고 불러 주세요. 존댓말이나 경칭도 필요 없어요."

"네?! 하지만……."

"딸이 괜찮다지 않나. 그리고 동갑내기끼리 너무 딱딱한 태도를 보일 필요는 없겠지."

"그, 그렇다면야……."

황송하다고 생각하면서도 그렇게 답하자, 호죠 양…… 아니, 카오리는 미소를 지었다.

"그래, 유야 군의 질문에 답하자면 말일세. 카오리에게는 일반인과 똑같이 생활해 줬으면 해서, 어릴 적 이후로는 보디가드를 붙이지 않았다네."

"그건 제가 바란 일이기도 해요. 언젠가는 취직해서 자립할 테니까, 보디가드 같은 건 필요 없잖아요? 하지만 지난번 일 탓에 지금은 차로 등하교를 하게 되었어요."

"나도 가슴이 아프지만, 딸은 역시 소중하거든."

"아하……."

부자에게는 부자 나름의 고민이 있는 것 같았다.

나 같은 가난뱅이는 유괴해도 몸값을 뜯어낼 수 없을 테니 유괴하지도 않겠지만, 부자라면 그런 위험이 있는 것이다.

유괴라, 참 흉흉하네. 그때는 헌팅이었지만 말이야. 그래도 아라키 패거리가 들어간 불량 서클 같은 것도 있다니까, 이 근처도 치안이 매우 좋다고 할 수는 없다.

그런 이야기를 나눈 후, 드디어 본론에 들어갔다.

"어디 보자, 유야 군을 이곳에 와달라고 한 이유는 들었나?"

"아, 네.『오세이 학원』에 편입하지 않겠냐고⋯⋯."

그렇게 답하자, 이사장은 고개를 끄덕였다.

"그렇다네. 나는 자네가 이대로『오세이 학원』에 다녀줬으면 하지만⋯⋯ 어떤가? 물론 이건 딸을 구해준 보답이기도 하니, 수업료는 걱정하지 않아도 된다네."

"네?! 그렇게까지 해 주실 건 없는데⋯⋯!"

"말했을 텐데? 카오리는 나에게 참 소중한 딸이라고 말이야. 이 정도는 아무것도 아니라네."

이사장이 그렇게 말하며 웃자, 카오리는 부끄러워하듯 볼을 붉혔다.

사이좋은 가족이네.

우리 집과는⋯⋯ 하늘과 땅 차이다.

"그런데⋯⋯ 어떻게 하겠나?"

"저⋯⋯ 저 같은 게 천재들이 다닌다는 학교에 다녀도 괜찮을까요⋯⋯?"

『오세이 학원』은 국내에서 모르는 사람이 없을 정도로 유명한 학교다.

국내외에서 활약하는 사람 대부분이『오세이 학원』출신이라고 할 정도로.

즉, 극소수의 선택받은 존재⋯⋯ 천재만이 다니는 학교다.

그런 학교에, 별다른 특기도 없는 내가⋯⋯.

내가 고개를 반쯤 숙이고 묻자, 이사장은 부드럽게 말했다.

"유야 군. 천재란 어떤 사람을 가리킨다고 생각하지?"

"네? 뭐든 잘하는 사람 아닌가요?"

"그래. 그리고 내 생각에, 천재란 매사에서 타인보다 짧은 시간에 정답 혹은 정당하게 노력하는 방식을 찾아내는 사람을 일컫는다고 생각하네. 거꾸로 말하자면, 그 밖에는 다른 사람과 똑같지. 노력만 하면, 반드시 진실에 다가설 수 있는 거라네."

"……."

"물론 천재라면 각자 재능이 있겠지. 하지만 그건 자네들과 같은 젊은이가 단정해도 되는 게 아니라네. 다양한 것에 도전해, 즐기면서…… 찾아봐도 늦지 않아. 그리고 이 학교는 그런 젊은이들이 다양한 경험을 해 줬으면 싶어서 세운 거라네. 그러니까 자네 자신을 낮출 필요는 없어. 이제부터 천천히, 자기 자신에 대해 생각하면 되니까 말일세."

이사장의 말이 내 가슴에 스며들었다.

이제까지 이렇게 말해 준 사람은 할아버지뿐이었다.

뭘 해도 동생들이나 다른 사람과 비교당하고, 무슨 일에도 무능하다는 꼬리표가 붙고, 할아버지가 돌아가시고 나서는 그것을 받아들일 수밖에 없었다.

그런 내가, 이런 말을 듣다니…….

소용돌이치는 감정 속에서 당황하고 있을 때, 이사장이 한 가지를 제안했다.

"뭐, 갑자기 이런 말을 들으면 당황스럽겠지. 그러니 오늘 하루 이 학교에 체험 입학해 보는 건 어떻겠나?"

"네?"

내가 무심코 얼빠진 목소리로 대꾸했지만, 이사장은 개의치 않으며 미소 띤 얼굴로 말을 이었다.

"자네가 오늘 이 학교를 체험해 보고 만약 입학하고 싶어진다면, 그때 자네를 정식으로 맞이하도록 하지."

내가 그 제안을 듣고 넋이 나가 있자, 갑자기 노크 소리가 들려왔다.

"왔나 보군……. 들어오게."

"실례합니다~."

그렇게 말하며 한 여자가 나타났다.

흰색 가운을 걸치고 나른한 인상을 주는데, 가운 안쪽에는 낡은 셔츠를 입었다.

게다가 셔츠가 어깨에서 흘러내린 바람에, 가슴이…… 어, 이 사람은 속옷을 입었나?! 브래지어 끈이 안 보이는데?! 아, 끈이 보여도 곤란하지만 말이야!

전체적으로 느슨한 인상을 주는 여자를 보며 놀랐을 때, 이사장은 쓴웃음을 머금었다.

"자네는 여전하군……. 유야 군, 자네는 이 선생의 반에서 수업을 체험해 줬으면 하네."

"들었지? 뭐, 긴장하지는 마. 이 선생님이 차근차근 가르쳐 줄게~."

"아, 으음……."

괘, 괜찮은 걸까?

내가 말문이 막혀 말을 잇지 못하자, 이사장은 어처구니없다는 투로 말했다.

"하고 싶은 말이 있을지도 모르지만, 이래 봬도 과학계의 권위자라네. 수업도 이해하기 쉽고, 학생들 사이에서도 인기가 좋지. 그러니 안심하게."

"그래~. 이 선생님은 대단한 사람 같거든~."

"안심……해도 된다네."

여러모로 불안한데요!

이사장과 흰색 가운 여자의 분위기 탓에 여러모로 불안하지만, 나는 오늘 하루 『오세이 학원』에 체험 입학하기로 했다.

* * *

"다들, 자리에 앉아~. HR은 아까 끝났지만, 추가 연락 사항이 있어."

여선생이 그렇게 말하자, 한 학생이 질문했다.

"저기저기저기~! 그 연락 사항이 뭔가요~?"

"그걸 이제부터 설명할 거야~."

"아, 그랬죠. 설명해 주세요!"

"태세 변환 한번 빠르네~."

선생님이 그렇게 말하자, 교실이 작은 웃음소리로 가득 찼다.

그리고 선생님은 의미심장한 미소를 지었다.

"잘 들어~. 오늘은 체험 입학을 하게 된 아이를 우리 반에서 맡기로 했어."

""""!"""

선생님이 그렇게 말한 순간, 교실이 술렁거렸다.

역시 어느 학교든 전학생이나 편입생을 신기해하는 것 같다.

바로 그때, 아까 질문했던 학생이 또 질문을 던졌다.

"저기저기저기! 남자인가요, 여자인가요?!"

"남자야~."

선생님의 말에, 이번에는 반응이 확연하게 갈렸다.

남학생들은 명백하게 낙담한 반응을 보였고, 분위기가 고조된 여학생들은 어떤 학생일지를 가지고 수군거렸다.

하지만 남학생들도 진짜로 낙담한 건 아닌지, 여학생들과 같은 화제로 수군거리기 시작했다.

"수군대는 건 좋지만, 남은 시간은 얼마 없어. 곧 수업이 시작되거든~. 그럼, 이제부터 그 아이를 부를게."

선생님은 그렇게 말한 후, 웃으며 학생들을 둘러보았다.

"깜짝 놀라지나 마~."

""""?"""

선생님이 한 말을 이해하지 못한 학생들이 고개를 갸우뚱하는 가운데, 마침내 유야가 교실에 들어왔다.

* * *

나—— 텐죠 유야는 이사장의 권유로 오늘 하루 『오세이 학원』에 체험 입학을 하기로 한 후, 신세를 지게 된 선생님을 따라 교실 앞으로 이동했다.

참고로 카오리는 반이 달라서, 도중에 헤어졌다.

무진장 긴장되네…….

하지만 이 선생님을 본 덕분에, 처음보다는 긴장이 풀렸다.

슈퍼 엘리트 학교니까 선생님도 하나같이 엄격할 줄 알았는데, 이 선생님은 엄청 나태해 보이거든.

이사장의 말로는 엄청 우수하며, 학생들도 신뢰한다는 것 같은데.

나로선, 너무 엄격한 사람이면 정신적으로 못 버틸 것 같아.

아무튼 나를 맡은 선생님이 이 사람이라서 다행이라고 생각하기로 했다.

아무튼 이제 교실에 들어가서 인사해야 하는구나.

아르바이트에 매진한 나한테는 취미라고 할 게 없고…… 어라? 그럼 자기소개할 때 치명적이지 않아?

크, 큰일났다……. 어쩌지…….

겨우 긴장이 풀리려고 했는데, 나는 다시 긴장하기 시작했다.

"자, 들어와~."

이걸 어쩌지 하며 필사적으로 머리를 굴리고 있을 때, 선생님이 들어오라고 말했다.

으윽, 미래의 나…… 어떻게 좀 해 봐!

남한테 떠넘기는 것 같지만 결국은 자기 자신에게 맡긴다고 하는 영문 모를 짓을 하면서, 나는 마음을 단단히 먹고 교실에 들어갔다.

""""?!""""

어?

들어선 순간, 가장 먼저 느껴진 것은 시선이다.

체험 입학생으로서 자기소개를 해야 하니, 이건 딱히 이상한 일이 아니다.

하지만 뒤이어 찾아온 크나큰 경악을, 나는 이해하지 못했다.

교실에 있는 모든 학생이 눈을 동그랗게 뜨고 넋이 나간 모습을 이상하다는 듯이 보며, 나는 칠판 앞에 섰다.

"좋아. 그럼 간단히 자기소개를 해."

"아, 네. 텐죠 유야라고 합니다. 체험 입학이라는 형태로 여러분과 수업을 함께 받게 되었어요. 잘 부탁드립니다."

그렇게 말하며 고개를 숙인 후에 다시 들어봤지만, 다들 여전히 넋이 나간 채로 아무 반응을 보이지 않았다. 어, 울어도 돼?

정적 속에서 무심코 울음을 터뜨릴 뻔한 바로 그때, 어째선지 우습다는 듯이 웃음을 흘리고 있던 선생님이 도움의 손길을 내밀었다.

"크크크…… 얘들아. 언제까지 정신줄 놓고 있을 거야~. 텐죠가 곤란해하잖아. 좋아, 텐죠. 너는 창가 가장 뒷자리에 앉아."

"아, 네."

선생님의 지시에 따라, 나는 지정된 자리에 앉아서 옆자리 학생에게 인사했다.

"으음…… 잘 부탁해."

"어? 아…… 응. ……잘 부탁해."

옆자리 학생은 쇼트컷 헤어가 쿨한 인상을 자아내는 여학생이었다.

목에 초커를 차고 있는데…… 이 학교는 저런 액세서리가 허용되는 걸까?

아무튼 내가 다니는 학교에서는 불량학생들이나 하는 짓이다. 액세서리 착용은 금지고, 머리카락을 염색하는 것도 당연히 안 된다.

하지만 이 반에서는 여러 학생이 염색했고, 액세서리도 패션 감각으로 착용하고 있다.

그런 생각을 하고 있을 때, 선생님이 손뼉을 쳤다.

"자자, 다들 이제 그만 돌아오라고~. 곧 수업이 시작된단 말이야~."

선생님이 그렇게 말했지만, 그로부터 1분 후에야 다들 본격적으로 정신을 차렸다.

* * *

그 후, 나는 다른 학생들 사이에서 수업을 체험했다.

나 같은 사람은 따라가지도 못할 속도로 진도가 나갈 줄 알았는데 전혀 그렇지 않았다. 수업 속도는 내가 다니는 고등학교와 별반 다르지 않았다.

하지만 그 내용은 꽤 대단했다.

우리 학교에서 배운 내용과 같은 내용의 수업인데, 차원이 다를 정도로 알기 쉬웠다.

수업은 재미없는 것이라고 생각했지만, 나는 평범하게 재미있었다.

만화나 게임에 비유하며 가르쳐 주는 등, 수업이 재미있도록 신경을 쓰고 있었다.

그리고 수업을 들으면서 인상 깊게 느낀 것은, 선생님과 학생의 거리였다.

이 학교에서는 그 거리가 절묘했다.

친근하면서도 선생님과 학생 사이에 확연한 선이 있는데, 그것을 실천하는 선생님과 학생들을 보며 놀라움을 금치 못했다.

그렇게 오전 수업이 끝났고, 현재는 점심시간이었다.

"아, 효도 양. 교과서 보여줘서 고마워."

"응. 신경 쓰지 마."

수업을 받게 되었다고는 해도 교과서가 없는 나는 옆자리에 앉은 쿨한 인상의 여학생—— 효도 유키네 양의 교과서를 같이 봤다.

효도 양의 머리는 일부만 연한 청색으로 염색한 쇼트컷이며, 좌우로 긴 듯한 눈은 졸린 듯이 항상 반쯤 감겨 있었다.

멋들어지게 개조한 교복과 초커 덕분에, 왠지 밴드 멤버 같아 보였다.

효도 양은 언뜻 보면 말을 걸기 힘들어 보이는 분위기지만, 용기를 내서 말을 걸어보니 참 상냥했다.

효도 양에게 고맙다는 말을 하고 있을 때, 다른 학생들이 나에게 말을 걸었다.

"저기저기저기! 물어볼 게 있는데!"

"어느 고등학교에 다녔어?"

"따로 배우는 게 있어?"

"아, 동아리 활동은 어떻게 할 거야?"

"저기! 여친은 있어?!"

"혹시 연예인이야?"

"아, 음, 저기⋯⋯."

순수한 호기심에서 우러난 질문은 지금까지 받아본 적이 없기에, 나도 어떤 반응을 보이면 좋을지 알 수 없었다.

역시, 편입생이나 전학생은 관심의 대상인가 보네. 실은 체험생이지만 말이야.

딱히 싫지는 않지만 어쩌면 좋을지 몰라 당혹스러워하고 있을 때, 한 남학생이 다른 아이들을 말렸다.

"어이, 텐죠가 곤란해하잖아! 아직 점심도 안 먹었을 테니까, 다들 좀 진정해."

그 남학생은 갈색으로 염색한 짧은 머리와 살가운 미소를 머금은 미남이었다. 일전의 촬영 때 본 남자 모델이나 내 동생보다 훨씬 잘 생겼네.

머리를 염색했는데도 불량해 보이지 않고, 시원시원한 스포츠맨 같은 인상이 그 남학생에게서 느껴졌다.

남학생이 그렇게 말하자, 나에게 질문 공세를 펼치던 학생들이 사과했다.

"아, 미안해!"

"미안해. 눈치가 없었어."

"방과 후에 다시 물어볼게!"

"아, 응."

다들 사과한 후, 점심을 먹으려고 이동을 시작했다.

그 모습을 보고 있을 때, 남학생이 나에게 말을 건넸다.

"미안해. 나를 비롯해, 다들 너한테 흥미가 있는 거야."

"어? 아, 아냐. 고마워! 으음⋯⋯."

"나는 이가라시 료라고 해. 그냥 료라고 불러. 나도 유야라 불러도 되지? 잘 부탁해!"

남학생―― 료는 그렇게 말하더니, 시원시원하게 웃었다.

우와아⋯⋯ 웃는 얼굴이 눈부셔⋯⋯.

무심코 눈을 가늘게 뜨자, 료는 의아하다는 듯이 고개를 갸웃거렸다.

"응? 왜 그래?"

"그게⋯⋯ 눈이 부셔서 말이지⋯⋯."

"어? 뭐야. 이상한 소리를 하네."

료는 더 환한 미소를 지었다. 응, 눈이 멀 것만 같아.

"아, 맞다. 유야는 우리 학교 식당이 어디 있는지 모르지? 괜찮다면 같이 안 갈래?"

"어, 그래도 돼?"

"그래. 왜 거절하겠어. 가자!"

이 미남은 뭐야. 반하겠네. 농담이지만 말이야.

"그럼 호의를 감사히 받아들일게……."

"응! 아, 다른 친구를 불러도 될까?"

"괜찮아."

내가 그렇게 말하자, 료는 친구를 불러왔다.

"나, 나는 쿠라타 신고라고 해. 자, 잘 부탁해, 유야."

데려온 친구는 안경을 쓰고 심약한 느낌이 드는 남학생이었다.

음, 왠지 동질감이 느껴지는걸.

하지만, 꽤 재미있는 조합이네……. 료의 친구라니까 스포츠맨 타입일 줄 알았는데, 신고는 실내 활동을 선호하는 인상이 들었다.

나는 그런 의문을 품었지만, 그 수수께끼는 곧 풀렸다.

"어이, 신고! 어제 한 『초중기신 갓로보』 봤어?!"

"봐, 봤어."

"그래?! 진짜 뜨겁더라니깐! 재미있는 애니나 특촬 작품이 또 있으면 가르쳐 줘!"

"으, 응. 물론이야……!"

아무래도 신고가 료한테 추천하는 애니메이션 등을 알려주는 것 같았다.

뭐랄까…… 미남인 데다 서브컬처에도 조예가 깊다니…… 참 좋은걸.

내 눈빛이 부드러워지자, 료는 나에게도 말을 걸었다.

"아, 유야는 애니 봐? 나도 최근에 보기 시작했는데, 진짜 재미있더라고!"

료는 괜찮은 친구인걸…….

이 짧은 시간에, 나는 그걸 실감할 수 있었다.

* * *

"여기가 『오세이 학원』의 식당이야."

"…….."

료가 데려가 준 곳은 내가 아는 학교 식당과는 전혀 다른, 넓고 세련된 공간이었다.

카페테라스처럼 놓인 수많은 원형 테이블과 심플한 의자.

각 테이블에서는 학생들이 즐겁게 담소를 나누며 식사하고 있었다.

내가 다니는 고등학교에도 식당이 있지만, 그것은 어디서나 볼 수 있는 일반적인 학교 식당이라 이렇게 근사하지는 않았다.

눈앞의 광경에 넋이 나가 있을 때, 료가 웃으며 나에게 말을 건넸다.

"하하하하하! 처음에는 누구나 놀란다니깐! 하지만 인테리어만 멋진 건 아니거든? 자, 이걸 봐."

"어?"

료가 다음으로 보여준 것은 메뉴판이었다.

그리고 메뉴를 본 나는 또 넋이 나갔다.

우선, 종류가 압도적이었다.

일식, 중식, 양식은 물론이고 스페인과 러시아의…… 전문점에 가야 먹을 수 있을 법한 세계 각국의 요리도 있었다.

게다가 각 종교별 요리도 준비되어 있었다.

"여, 여기 요리는 3성급 요리점에서 일했던 셰프들이 만들어."

"3성?!"

신고의 말에, 나는 눈을 휘둥그레 떴다.

어이어이어이, 그런 고급 요리를 먹을 돈은 없다고! 지금은 사먹을 돈이 있지만, 그런 걸 계속 먹는 건 무리란 말이야!

그렇게 생각하고 있을 때, 료가 그런 내 생각을 읽은 것처럼 씨익 웃었다.

"더 놀라게 해줄까? 여기 메뉴는—— 전부 500엔이야."

"——."

진짜로 말문이 막힐 수밖에 없었다.

어, 여기는 천국이야?

단돈 500엔으로 3성급 요리를 먹을 수 있어? 영문을 모르겠네.

"뭐, 혼자 살아서 500엔도 부담되는 학생도 있어. 그런 학생을 위해 준비된 것이 바로 이 『학생용 오늘의 점심』이야."

"오늘의 점심?"

"그래. 메뉴가 매일 바뀌니까 선택할 수 없지만, 가격은…… 공짜지."

"……."

수업을 들으면서도 눈치챘지만, 여기서 확실히 깨달았다.

이 학교는 다른 학교와는 급이 달라도 너무 다르다.

료와 신고의 말을 들으며 메뉴를 고른 후, 음식을 받은 후에 근처의 빈자리에 앉았다.

료는 게살 토마토 크림 파스타를, 신고는 돈가스 정식을 골랐다.

나는 500엔이라는 말에 최대한 비싼 것을 고르자 싶어서, 흑모와규 햄버그 정식을 선택했다. 이야, 좀 호사스러운 게 먹고 싶어서 말이죠.

"먹자!"

"""잘 먹겠습니다."""

식사 전 인사를 마친 후, 우리는 각자의 음식에 집중했다.

햄버그를 입에 넣은 순간, 나는 너무 맛있어서 그 자리에서 굳어버렸다.

어, 이게 뭐야.

육즙이 확 나오더니! 입안에 퍼져! 마, 맛있어!

어휘력을 빼앗길 정도로, 햄버그는 맛있었다.

정신없이 식사를 하는 나를 본 료와 신고도 웃으면서 자기 음식을 먹었다.

"저, 저기…… 저기 좀 봐!"

"저 남자애, 누구일까……?"

"전학생?"

"멋져……."

식사를 하고 있을 때, 갑자기 주위가 시끌벅적해진 것이 느껴졌다.

"뭐야? 좀 소란스러운 것 같지 않아?"

"응? 유야가 있어서 그런 거 아니야?"

"내가 있어서? 맞다, 교복이 다르지. 눈에 띄긴 할 거야……."

"……."

"응? 왜 그래?"

"아무것도 아니야."

"???"

료가 '맙소사.' 하고 말하는 듯한 눈으로 본 것 같지만, 기분 탓인 것 같았다.

담소하며 식사하다 보니, 료가 문득 생각난 투로 물었다.

"그러고 보니 유야는 동아리 활동 할 거야?"

"어?"

"이 학교는 스포츠에 꽤 신경을 쓰고 있어서, 운동부도 꽤 강한 편이야."

"그렇구나……."

"그러니까 유야가 지금 다니는 고등학교에서 동아리 활동을 하고 있다면, 우리 학교에서도 계속하려나 싶어서 물어본 거야."

나는 당연히 동아리 활동을 하지 않았다.

활동비를 낼 여유가 없었고, 애초에 그런 청춘은 허락되지도 않았다.

나는 쓴웃음을 머금으며 료에게 대답했다.

"유감이지만, 나는 동아리 활동을 안 해."

"흐음? 그래? 의외네."

"그러는 료와 신고는 어때?"

"나? 나도 귀가부야."

"어? 그렇구나. 운동부에서 활동하는 줄 알았는데……."

편견일지도 모르지만, 료의 외모를 보고 시원시원한 스포츠맨이라는 인상이 들었던 나는 놀랐다.

그러자 신고는 웃으면서 나에게 가르쳐 줬다.

"료, 료는 다양한 운동을 잘해서, 입학 초기에는 여러 곳에서 가입 제안을 받았어. 진짜로 쟁탈전이 벌어졌다니깐."

"그래?! 그런데 왜 들어가지 않은 거야?"

그런 만화 같은 일이 실제로 일어나는구나 하고 생각하며 묻자, 료는 별일 아니라는 듯이 대답했다.

"으음…… 이것저것 해 봤기 때문……이려나?"

"이것저것?"

"응. 중학교 때는 축구로 꽤 괜찮은 성적을 냈는데…… 이 학교에 들어온 후로는 축구 말고도 다양한 경험을 해 보고 싶어서, 결국 귀가부를 선택했어."

"하, 하지만 료는 도우미로 여러 운동부에 참가하는데, 그때마다 엄청난 성적을 냈어."

"하하, 부끄러우니까 그만해."

료는 진짜로 부끄러운지 멋쩍은 웃음을 흘렸다.

만화 캐릭터 같은 녀석이네. 좋은 의미에서 정말 멋진 녀석이다. 인기가 있을 만도 한걸.

"그래…… 그런 스타일도 있구나……."

"응. 이 학교에서는 무리해서 동아리 활동을 하지 않더라도 다양한 경험을 할 수 있어. 그런 의미에서 본다면, 신고네 동아리도 특이하긴 해."

"흐음? 신고는 어딘데?"

내가 그렇게 묻자, 신고는 웃으면서 가르쳐 줬다.

"나, 나는 게임부야."

"게임부?! 게임…… TV 게임 같은 거 말이야?"

"그래."

맙소사…… 이 학교에는 게임을 가져와도 되는 거야? 액세서리와 머리 색깔 같은 게 참 자유롭다고 생각하긴 했는데, 그런 것도 허용되는구나…….

오세이 학원의 자유로움에 내가 놀라고 있을 때, 신고가 이유를 가르쳐 줬다.

"무, 물론 수업 시간에 하면 안 되지만, 쉬는 시간에는 게임을 하거나 스마트폰을 써도 돼. 일반적인 고등학교에서는 엄격하게 금지하지만 말이야. 하지만 이렇게 자유가 허락되니 수업 시간에 스마트폰을 만지거나 게임을 하는 사람은 없고, 그래서 고등학교인데도 게임부 같은 게 허용되는 거야."

"하아~……."

나는 탄성을 지를 수밖에 없었다.

즉, 이 학교는 학생을 신뢰하기에 스마트폰과 게임을 허용하는 것이다.

하지만 가장 대단한 점은 그 신뢰를 배신하지 않으려고 학생들도 노력한다는 점이리라. 이런 곳도 있구나.

　그 밖에도 놀라운 이야기를 들으면서, 나는 매우 충실한 점심 식사 시간을 즐겼다.

　점심 식사를 마친 후에도 료와 신고 이외의 다른 학생들과도 많은 이야기를 나눴지만, 다들 나를 똑바로 봐 줬다.

　이제까지 아무도 나를 거들떠보지 않았지만, 이 학교의 학생들은 나를 한 사람의 인간으로 대등하게 여겨 줬다.

　예전과는 외모가 완전히 달라지기도 했지만, 그 점을 제외하더라도 다들 나를 인정해 주며 내면을 봐 주는 것이 느껴져서 정말 기뻤다.

＊　＊　＊

　방과 후, 나는 이사장실에 가서 호죠 츠카사 이사장과 이야기를 나눴다.

　"그래, 이 학교는 어땠나?"

　이사장이 자상하게 웃으며 물어보자, 나는 솔직한 생각을 이야기했다.

　"정말 엄청났어요. 수업도 이해하기 쉬웠고, 설비도 충실하더군요……. 하지만 가장 인상적이었던 것은 모든 학생이 즐거워 보인다는 점이에요."

　그렇다. 이 학교의 학생은 모두 밝았다.

지금 내가 다니는 학교에선, 누구나 하루하루를 지겨운 듯이 보내고 있다.

동아리 활동을 통해 청춘을 구가하고 있는 학생들도, 수업과 쉬는 시간에는 '지겨워.', '집에 갈래.' 라며 투덜거릴 정도다.

하지만, 오늘 이 학교에서는 그런 말을 한 번도 듣지 못했다.

아니, 아무도 그런 말을 안 했다고 단언하지는 못한다. 그래도 나는 듣지 못했다.

다들 즐거워 보였고, 이 학교를 진심으로 즐기고 있다.

나는 오늘 체험을 통해 그것을 실감했다.

게다가 집단 괴롭힘을 당하던 나 같은 녀석을, 다들 인정하며 받아들여 줬다.

그게 정말 기뻤다.

다들 즐거운 듯이 지낼 뿐만 아니라, 나를 인정하고 제대로 봐 주는 사람이 있다…….

솔직히 말해서, 진심으로 이 학교에 다니고 싶다.

하지만…….

내 말을 들은 이사장이 만족한 듯이 고개를 끄덕였다.

"그런가. 그렇게 말해 주니 나도 기쁘군. 그래서…… 어떤가? 이 학교에 다니지 않겠나?"

"저 같은 녀석이 이 학교에 다녀도 괜찮을까요?"

나에게 이 학교에 다닐 가치가 있을까?

나는 특기라고 할 만한 것도, 자랑거리도 없다.

그런 나 따위보다, 훨씬 뛰어난 애가…….

그렇게 생각하고 있을 때, 이사장은 마치 내 마음을 읽은 것처럼 상냥한 어조로 말했다.

　"유야 군. 자네의 가치는 자네가 정하는 것이면서, 타인이 정할 수도 있다네."

　"네?"

　"그리고 자네는 지금 자기가 이 학교에 다닐 가치가 과연 있을까…… 하고 생각하고 있지?"

　"…………네."

　나는 잠시 뜸을 들인 후, 대답했다.

　"하지만 나는 자네가 이 학교에 다닐 가치가 있는 존재라고 생각한다네."

　"아……."

　나는 그 말을 듣고, 이사장을 똑바로 바라보았다.

　"괜찮네. 자네 자신이 가치를 찾아내려 해도, 그것을 찾아낼 수 없다면…… 이 학교에서 찾아내면 되네. 자네에게는 시간이 있어."

　"——."

　이사장의 말은 내 가슴에 스며들었다.

　그리고——.

　"저기…… 이런 저라도 괜찮다면 다니게 해 주세요."

　"물론이지! 우리는 자네를 환영하겠네."

　나는 정식으로 이 오세이 학원에 다니게 되었다.

＊ ＊ ＊

"먼저 실례하겠습니다."

"수고하셨어요."

"어?"

교복을 받고 이사장실을 나서자, 그곳에는 가방을 든 카오리가 있었다.

"우리 학교에 다니기로 했나 보군요."

"나는 아직 자신감이 없지만, 그래도 이 학교에 다니고 싶다는 생각이 들었거든."

"그렇게 생각해 주셨다니, 저와 아버지는 정말 기뻐요."

카오리가 그렇게 말하며 상냥한 미소를 머금자, 나는 왠지 멋쩍어져서 화제를 바꿨다.

"그, 그런데, 여기서 뭐 하는 거야? 아, 이사장님에게 볼일이 있는 거구나."

"아뇨, 저는 유야 씨에게 볼일이 있어요."

"나, 나한테?"

예상치 못한 대답이어서, 나는 놀랐다.

나에게 볼일이라니…… 대체 뭘까?

"이 『오세이 학원』은 유야 씨가 다니는 고등학교와는 방향이 정반대죠?"

"응? 뭐……."

"그러니 학교 주변도 모르지 않나요?"

하긴, 나는 외모 탓에 집 밖으로 나가는 일이 거의 없었다.

필요한 물건 또한 기본적으로 학교를 마치고 집으로 돌아오는 길에 샀다.

그래서 다니던 학교와 반대 방향으로는 갈 일이 없었다.

"이, 이참에 유야 씨에게 주변을 안내해 드릴까 해서요……. 그, 그리고! 개인적으로도 보답하고 싶고요!"

"괘, 괜찮아! 감사 인사도 받았고, 이 학교에 다니게 해 준 것만으로도 충분하니까……."

정말 이래도 되나 싶을 정도로 나에게 잘해 줬다.

여기다 더 받는 건…….

내가 그렇게 생각하고 있을 때, 카오리는 잠시 생각한 후에 다시 입을 열었다.

"제가 유야 씨와 놀고 싶은 것으로 하면…… 안 될까요?"

"어?"

"부끄럽지만, 저는 남자분과 놀 기회가 없어요……."

"뭐?! 왜?"

"어쩔 수 없는 일이지만, 집안과 아버지의 직업 때문에 다들 저를 배려하는 것 같거든요……. 하지만 처음으로 친해진 유야 씨라면 그러지 않을 거라고 생각해서……."

카오리는 쓸쓸한 투로 그렇게 말했다.

아하…… 부자면 다 좋을 줄 알았는데, 역시 내가 모르는 고민이 있나 보네.

카오리는 왠지 불안해하는 눈으로 나를 쳐다봤다. 그 모습을 보고, 다른 차원의 존재라는 생각이 순식간에 무너졌다. 역시 똑같은 인간이구나.

나도 멋쩍어하며 카오리에게 털어놨다.

"으음…… 부끄러운 이야기지만, 나도 여자애와 놀아 본 적이 없어……."

"네?"

"그러니까, 이런 나라도 괜찮다면…… 안내해 주지 않을래?"

"네! 학교 주변에는 맛있는 걸 파는 곳도 많으니까, 지금 바로 가죠!"

눈을 반짝이는 카오리를 보니, 나도 기뻐졌다.

* * *

"다들 방과 후에는 이 근처의 카페나 음식점에 모이나 봐요."

"오오……!"

일직선으로 쭉 뻗은 길의 양쪽에는 수많은 가게가 줄지어 있었다. 이곳은 차량 통행이 금지이며, 『오세이 학원』의 학생만이 아니라 다른 학교 학생도 많이 있었다. 길 복판에는 일정 간격으로 둔 가로수와 가로등이 존재했다.

"이렇게 멋진 장소였구나……."

"네. 때때로 TV에서 취재를 오는 가게도 있어요."

아하, 젊은 여자들에게 인기 있는 가게가 많을 것 같네.

주위 가게를 둘러보던 나는 문득 신경 쓰인 점을 물어봤다.

"그러고 보니…… 카오리는 어떻게 나를 알아본 거야?"

"네?"

"내 입으로 말하는 것도 좀 그렇지만, 나는 일전에 양아치에게 두들겨 맞았을 때와는 외모가 확 달라졌다고 생각하는데……"

"그런가요? 하지만 저를 구해 줬을 때와 눈이 똑같아서 금방 알아봤는데요?"

"어, 눈?"

"네."

카오리가 미소를 지으며 그렇게 말하자, 나는 놀랐다.

"유야 씨의 겉모습은 확실히 달라졌지만, 정직하고 상냥한 눈은 변하지 않았어요. 그래서, 저는 유야 씨를 바로 알아볼 수 있었어요."

정직하고 상냥한 눈…… 내 눈이 정말 그런지는 잘 모르겠지만, 카오리에게는 그렇게 보이는 것 같았다.

내 겉모습이 놀랄 만큼 달라졌는데, 카오리에게는 그 변화보다 내 눈이 변하지 않은 게 더 중요한 것 같았다.

그렇게 말하는 카오리가 나 자신을 똑바로 봐 주는 것 같아서 정말 기뻤다.

둘이서 이야기를 나누며 걸음을 옮기던 도중, 카오리가 뭔가를 발견했다.

"유야 씨, 저기 안 가 볼래요?!"

"응?"

카오리가 가리킨 방향을 보니, 여고생이 크레이프를 맛있게 먹고 있었다.

"크레이프 가게?"

"네! 저기 크레이프가 참 맛있다고 패서, 한번 꼭 가 보고 싶었어요! 가요!"

"어? 우왓!"

이곳에 온 후로 참 즐거워보이는 카오리가 갑자기 내 손을 잡아끌며 크레이프 가게로 향했다.

맛있다는 평판이라 그런지, 사람들이 많이 기다리고 있었다.

"어! 저, 저기 좀 봐!"

"응? 우와아! 엄청난 미남이네! 혼자일까?"

"그럴 리가 없잖아! 옆에 엄청 예쁜 여자애가 있네."

"아, 정말이잖아. 미남미녀 커플인가…… 부러워어엇~!"

"맞아~. 여자애는 청초한 느낌이고, 남자애는 쿨한걸……."

"이야…… 부럽기도 하지만, 눈이 호강하는 느낌이야."

디저트 가게라 그런지, 줄 서 있는 사람도 여자가 많았다.

나, 남자가 줄 선다고 해서 이상하진 않겠지? 이럴 때는 엄청 불안해지네.

마음속으로 쭈뼛쭈뼛하며 줄을 서 있을 때, 카오리가 뭔가를 눈치챘다.

"아…… 아앗?! 죄, 죄송해요! 무심코 손을……."

"뭐? 아…… 아앗! 나야말로 미안해!"

서로가 얼굴을 붉히면서 화들짝 손을 놨다.

나와 카오리는 완전히 무의식적으로 손을 잡고 있었기에, 갑자기 부끄러워졌다.

그런 우리의 모습을 주위 사람들이 보고 있었다.

"저기……."

"왜……?"

"저 두 사람, 너무 귀엽지 않아?"

"완전 동감……."

""존귀해~.""

여, 여자애의 손을 잡다니…… 으으…… 너무 부끄러워…….

미, 미움받는 건 아니겠지? 괜찮을까?

이제까지는 내 손이 살짝 닿기만 해도 여자애들은 질색했고, 내가 만진 물건조차도 오물처럼 대했다. 아, 떠올렸더니 눈물이 날 것 같다.

머뭇거리며 카오리 쪽을 쳐다보니, 얼굴을 새빨갛게 붉히며 손을 쳐다보고 있었다.

"저…… 아버지 말고 다른 남자분과 처음 손을 잡아 봐요…….."

"……."

끄아아아아아아아아! 부끄러워어어어어어어어어!

나는 온 힘을 다해 표정근을 고정시키며, 포커페이스를 유지했다. 안 그랬다간 몸부림치며 죽어버릴 거야!

내 마음은 격렬하게 흔들리고 있었지만, 아무래도 미움받지는 않은 것 같아서 진심으로 안도했다.

역시, 카오리는 상냥하네. 처음으로 손을 잡은 상대가 나 같은 녀석이라 미안해.

그러는 사이에 우리 차례가 되었기에, 메뉴를 봤다.

"오오, 종류가 많은걸……."

"하나같이 맛있어 보이네요! 하지만 고민돼요……."

카오리는 꽤 고민한 끝에 딸기와 생크림 크레이프를, 나는 블루베리와 생크림 크레이프를 골랐다.

길에는 쉬어갈 수 있는 벤치가 몇 개나 있었으며, 마침 그중 하나가 비어 있었기에 우리는 거기에 앉았다.

그러고 보니…… 크레이프는 처음 먹어보는 것 같아.

생김새와 이름은 알지만, 먹어 볼 기회가 없었다. 돈도 없어서, 살 일도 없었고 말이다.

그대로 한 입 베어 문 우리는 무심코 서로를 쳐다보았다.

""맛있어!""

블루베리의 산미와 달콤한 생크림이 절묘한 조화를 이루더니, 촉촉한 생지가 감싸줬다……. 응, 여자들이 디저트를 좋아하는 것도 이해가 돼. 나도 좋아하게 되었어.

하지만 너무 맛을 들여서 과식했다간 예전의 나처럼 뚱뚱해질지도 모르니까 조심해야겠다.

"행복해요……. 역시 단것은 좋네요."

"그래. 이렇게 맛있으면 모든 종류를 다 맛보고 싶어지네."

다음에 여기에 올 기회가 있다면, 다른 맛을 주문해야겠다.

마음속으로 그렇게 결심했을 때, 카오리는 웃으면서 딸기 크레이프를 나에게 내밀었다.

"한 입 드실래요?"

"뭐?!"

하, 한 입…… 이건 완전히 간접 키스 아닌가요?!

허둥대는 나와 달리, 카오리는 영문을 모르겠다는 표정을 지으면서 내 입을 향해 크레이프를 상냥히 내밀었다.

"여기요. 맛있어요!"

"우극?!"

반사적으로 먹고 말았다…….

"어떤가요?"

"맛있습니다……."

얼굴이 화끈 달아오르고, 더군다나 상황이 상황인지라 맛이 제대로 느껴지지 않아…….

내가 긴장 탓에 딱딱하게 굳은 상태에서 딸기 크레이프를 씹어먹고 있을 때, 카오리도 간접 키스를 했다는 것에 생각이 미친 것 같았다.

"으~~!"

카오리는 자기 크레이프를 보더니, 얼굴을 새빨갛게 붉히면서 소리 없는 비명을 질렀다.

이번에야말로 진짜로 미움을 받게 되려나?

그렇게 생각하며 카오리를 쳐다보니, 내 시선을 눈치챘는지 크레이프를 방패 삼아 자기 얼굴을 가리려 했다.

"죄, 죄송해요……. 지금, 너무 부끄러워서 유야 씨의 얼굴을 볼 수가 없어요……."

"으음…… 나야말로…… 미안해. 싫었던 거지?"

"아, 아뇨! 절대로 싫은 건 아니지만…… 저기…… 가, 가가, 간접 키스를…… 그게…… 으으……."

이야, 정말 다행이다. 부끄럽게 만든 건 미안하지만, 미움을 받지 않지 않아 다행이야…….

또 진심으로 안도한 나는 여전히 정신을 못 차린 건지, 당치도 않은 소리를 입에 담았다.

"으음…… 그, 그래! 카오리도 내 걸 먹을래? ……아."

"네?!"

내가 지금 뭐 하는 거야……!

방금 그렇게 부끄러운 일을 겪어놓고, 대체 무슨 소리를……!

하, 하지만 카오리 것을 한입 먹었으니, 답례하고 싶은 것도 내 본심이긴 한데……!

자기가 한 말에 넋이 나가 있을 때, 얼굴이 완전히 새빨개진 카오리가 고개를 숙인 채 작은 목소리로 말했다.

"머…… 먹을래요……."

"……."

──그 뒤의 일은, 생각이 나지 않았다.

나와 카오리는 크레이프를 다 먹은 후에도 긴장이 풀리지 않아서, 넋이 나가 있었다.

최종적으로 카오리를 마중하러 온 차에 나도 같이 탄 후, 집까지 배웅을 받는데…… 차 안에서도 서로의 얼굴을 보며 이야기를 나누지 못했다.

나를 『오세이 학원』으로 데려가기 위해 카오리와 함께 왔던 집사복 차림의 여자가 그런 우리의 모습을, 따스한 눈으로 바라보았다.

사실은 우리가 돌아갈 때까지도, 주위 사람들이 훈훈한 눈길로 우리를 바라보고 있었으며──.

"저기……."

"응……?"

"청춘 그 자체네……."

"청춘 그 자체인걸……."

"귀여웠지?"

"귀여웠어."

""하아…… 존귀했어~.""

──그런 대화가 오간 것을, 우리는 눈치채지 못했다.

* * *

어제는 체험 입학 후에 카오리와 놀았지만, 오늘은 『오세이 학원』에 등교하지 않았다. 이전에 다니던 고등학교에서 수속이 끝나지 않았기에, 나는 학교를 쉬었다.

그래서, 나는 요즘 들어가지 않았던 이세계에 오래간만에 가보기로 했다.

"딱히 달라진 건 없네……."

오래간만에 왔지만, 이세계의 집과 마당에는 별다른 변화가 없었다.

참고로 이세계에서 활동하기 위해, 로열 실크 셔츠와 바지 위에 블러디 오거의 갑옷을 걸쳤다.

오늘 내 일정은 이제까지 거의 탐색하지 않았던 숲속 깊은 곳에 가 보는 것이다.

그래서, 회복약도 철저하게 준비했다.

"길을 잃어도, 【지도】 스킬이 있으니 안심해도 돼."

경계하며 집 울타리 밖으로 나선 나는 숲 탐색을 시작했다.

내가 이제까지 탐색한 곳은 울타리 밖에서 정면으로 곧장 나아간 방향이다.

그래서 오늘은 집 뒤쪽을 탐색하기로 했는데, 이제까지 탐색했던 방향에 일전의 그 여자애와 병사들이 있었던 것을 보면 그쪽이 숲 외부로 이어져 있으리라.

그것을 증명하듯, 지금 내가 나아가고 있는 방향에서는 숲이 울창해지고 있었다.

스킬 【기척 감지】만이 아니라 나 자신도 전력으로 경계하며 나아가다 보니, 한 생물의 반응을 감지했다.

【동화】 스킬을 발동한 내가 숨을 죽이고 다가가 보니, 커다란 곰이 어떤 마물을 죽인 후에 잡아먹고 있었다.

진홍색 털가죽으로 몸을 덮은 곰의 이마에는 흉악한 뿔 세 개가 달려 있었다.

그 밖에도, 죽인 생물의 살과 뼈를 간단히 씹어먹는 턱과 이를 지녔다.

몸집은 나보다 훨씬 컸다.

나는 【감정】 스킬을 발동했다.

【데빌 베어】
레벨:450, 마력:4500, 공격력:10500, 방어력:6000, 민첩력:2000, 지력:3500, 운:500

드디어 스테이터스가 1만을 넘어선 상대가 나타났다.

데빌 베어와 내 스테이터스를 비교하니, 내 쪽이 균형은 더 잡혔어도 역시 1만이 넘는 공격력은 성가셨다.

죽일 수 있을까……?

평화로운 원래 세계에서는 상상도 할 수 없지만, 나는 이세계에 온 후로 그렇게 흉흉한 사고방식을 가지게 되었다.

하지만 이 세상에서 살아가기 위해서는 필요하다고 생각하기에, 그런 사고방식이 무섭다는 생각이 들지는 않았다. 평소 지구에서 지낼 때는 그런 생각을 하지 않으니까, 이세계에서만 느끼는 감정이란 생각이 들었다.

결국 나는 데빌 베어를 습격하기로 결심했다.

저 녀석과는 언젠가 싸우게 될 것이며, 숲속 깊숙한 곳의 마물이 얼마나 강한지 모르는 현재로서는 데빌 베어가 어느 정도 위치에 있는지 모른다. 그러니 이곳의 마물이 얼마나 강한지의 기준을 세우고 싶다는 마음도 들었다.

나는 바로 【아이템 박스】에서 【무궁】을 꺼냈다.

【무궁】은 형태가 없는 활이다. 즉, 눈에 보이지 않는다.

하지만 나는 활을 움켜쥐었다는 것을 인식할 수 있었다.

또한 내 의지에 호응해 보이지 않는 화살도 생성되었다.

그대로 숨을 죽인 채, 나는 보이지 않는 화살을 시위에 건 다음 조용히 데빌 베어를 조준했다.

그리고——.

"——핫!"

"?! 가, 가아아아아아아앗!"

보이지 않는 화살이 데빌 베어의 왼쪽 눈에 꽂혔다.

갑작스러운 공격에, 데빌 베어는 경악과 격통에서 비롯된 울부짖음을 토했다.

하지만 역시 숲 깊숙한 곳의 마물이라 그런지, 화살이 날아온 방향을 통해 모습을 보이지 않은 내가 있는 곳을 찾아내더니, 나를 무시무시하게 노려보았다.

"화살은 이제 써먹을 수 없겠네……. 그럼, 다음은 이거다!!"

이러니저러니 해도 가장 자주 쓴 【절창】을 꺼내 쥔 나는 단숨에 데빌 베어에게 쇄도해서 날카로운 일격을 날렸다.

"핫!"

"그오오오오오오!"

"!"

하지만, 데빌 베어는 강인한 발톱으로 【절창】에 맞섰다.

그 결과, 데빌 베어의 공격력에 밀린 나는 그대로 가볍게 공중으로 밀려났다.

"큭!"

어찌어찌 공중에서 균형을 잡은 나는 착지하자마자 거리를 벌렸다.

데빌 베어는 즉시 추격타를 날릴 작정이었던 것 같지만, 내가 거리를 벌린 바람에 경계 태세로 변경했다.

서로가 경계심을 품은 상태가 이어지는 가운데, 먼저 움직인 이는 데빌 베어였다.

"그르르르르…… 가아아아아앗!"

"아닛?!"

놀랍게도 데빌 베어의 입에서 활활 타오르는 불길이 분출되었다.

나는 반사적으로 바닥을 구르며 그 공격을 피했다.

방금 그거, 아무리 생각해도 마법 맞지?

이제껏 마주친 마물은 마법을 쓰지 않았기에, 나는 데빌 베어의 불꽃에 필요 이상으로 놀랐다.

나도 이 데빌 베어와 병사처럼, 마법을 쓰고 싶은데.

역시 서른 살까지 기다리지 않으면 무리인 걸까? 대마법사가 될 소질은 있다고 생각하는데…… 어라? 눈에서 땀이…….

그런 한심한 생각을 하면서, 나는 데빌 베어의 마법에 어떻게 대처할지 다시 생각했다.

함부로 다가갔다간 마법에 당할 것 같고…….

그런 생각을 하는 사이, 데빌 베어는 불길을 뿜거나 불꽃 덩어리를 발사했다.

그런 공격을 몸을 비틀어 피했지만, 이대로 가다간 금방 당하고 만다. 데빌 베어의 마력이 바닥나거나, 내 체력이 바닥나거나…… 솔직히 말해, 한 수 위의 상대니까 내 체력이 먼저 바닥날 것 같은 느낌이 들었다.

그렇다면 역시 페인트로 주의를 돌린 후, 그 틈을 이용해 순식간에 쓰러뜨릴 수밖에 없나?

전투 방식을 짤 줄 모르는 나로선, 그런 단순한 아이디어밖에 떠오르지 않았다.

에잇, 더 생각해도 소용없어! 일단 해 보자!

나는 그렇게 결의한 후, 데빌 베어를 향해 돌진했다.

"가앗!"

그러자 데빌 베어는 내 접근을 막으려는 건지, 화염방사기처럼 불을 흩뿌렸다. 야, 산불이라도 나면 어쩌려는 거야!

나는 그렇게 생각했지만, 데빌 베어의 불길이 나무에 옮겨붙지 않는 것을 보면 특수한 불길일지도 모른다.

아무튼 불길 탓에 다가갈 수 없다는 것을 알았기에, 나는 불길이 아슬아슬하게 미치지 않는 곳까지 백스텝으로 물러났다.

"그아앗?!"

데빌 베어는 나의 갑작스러운 움직임에 놀란 듯한 소리를 냈다.

그것을 무시한 나는 백스텝을 밟은 상태에서, 데빌 베어를 향해 【절창】을 단숨에 던졌다.

"! 가아아아아아아아앗!"

처음에는 불길로 쳐낼 생각이었던 듯한 데빌 베어는 【절창】의

특성 때문에 불가능하다고 판단한 건지, 흉악한 발톱으로 맞서려 했다.

"지금이다!"

불길로 막을 수 없어서 발톱으로 대항할 수밖에 없게 된 데빌 베어는 결과적으로 불길의 분출을 멈췄고, 나는 그 한순간을 놓치지 않으며 거리를 좁혔다.

"가앗?!"

내가 엄청난 속도로 육박하자 데빌 베어는 경악에 찬 소리를 냈지만, 곧 날카로운 발톱으로 나를 찢어발기려 했다.

"하앗……!"

이 공격을 피한 바람에 거리가 벌어진다면 더는 접근할 수 없을 거라고 생각한 나는, 데빌 베어의 팔을 향해 온 힘을 다한 발차기를 날렸다.

"우랴앗!"

"그오오오오오오?!"

힘껏 지면을 내디딘 나는 헌책방에서 산 책의 내용을 떠올리면서, 온몸을 이용해 그 발차기에 모든 힘을 쏟아부었다.

그 결과, 내 발차기에 팔이 밀려난 데빌 베어는 자세가 흐트러졌다.

나는 자세가 흐트러지면서 무방비해진 데빌 베어의 품으로 순식간에 파고들었다.

그런 내 팔에는 【무한의 토시】가 장착되어 있었다.

"우오오오오오오오오오오!!"

그리고 나는 발차기의 기세를 이용해, 온 힘이 담긴 일격을 데빌 베어의 배에 날렸다.

"그아아아아아아아아아아아아아아아?!"

단 일격.

하지만 바로 그때, 【무한의 토시】의 효과가 발동되었다.

그 효과란, 일격을 날리면 같은 위력의 공격이 몇 번이나 그 장소에 발생하는 것이다.

막기 위해서는 그 공격을 한 번이라도 막아내거나, 튕겨낼 수밖에 없다.

그리고 데빌 베어에게는 내 공격을 막을 방법이 없었다.

압도적인 연속 공격이 무한히 데빌 베어의 복부에 작렬하자, 결국 데빌 베어는 핏덩어리를 토하며 내 등 뒤로 추락하듯 숨을 거뒀다.

나는 모 작품의 권왕처럼, 주먹을 하늘로 치켜든 상태로 승리를 거뒀다.

* * *

"어디 보자, 드롭 아이템은……."

데빌 베어를 해치우고 손에 넣은 드롭 아이템의 소재 같은 것들을 확인해 봤다.

【데빌 베어의 붉은 털】……데빌 베어의 모피. 불길에 내성을 지녔으며 매우 따뜻하지만, 감촉은 미묘.

【데빌 베어의 고기】……데빌 베어의 고기. 고기는 구우면 딱딱해지나, 삶으면 매우 부드러워진다.

【데빌 베어의 혈액】……데빌 베어의 혈액. 마도구 아이템으로 쓰이기도 하지만, 그대로 마실 수도 있다. 피는 담백하며, 비릿한 맛은 전혀 없기에, 수프의 육수로도 쓰인다. 마시면 불에 대한 내성을 획득할 수 있다.

"아니, 혈액이라니……."

손에 넣은 드롭 아이템은 크고 투박한 붉은 모피와, 정체불명의 풀로 포장된 대량의 고기, 큰 병에 든 대량의 혈액이었다.

"불에 대한 내성이 무슨 소리인지 모르겠지만…… 먹어도 되는 거라면, 다음에 요리할 때 써 봐야지."

일반적으로 혈액은 꺼리기 마련이겠지만, 나는 먹을 수 있다는 것만 알면 뭐든 먹으며 자랐거든. 돈도 없었고 말이야.

효과를 확인하고 아이템 박스에 넣은 후, 나머지를 봤다.

【마석:A】……랭크 A. 마력을 지닌 마물로부터 입수할 수 있는 특수한 광석.

【불꽃의 기타】……데빌 베어로부터 입수할 수 있는, 레어 드롭 아이템. 이 기타로 연주를 하면 기분이 고양되며, 열정적이 된다. 제대로 다룰 수 있게 되면 불꽃을 조종할 수 있다.

"마석은 그렇다 치고, 기타라니……."

아니, 마석도 랭크가 A라서 좀 놀랐다.

레벨도 높고 마법도 써서 S랭크는 되는 줄 알았는데, 그저 레벨이 높은 A랭크 마물이었던 것 같다. 고블린 제너럴과 같은 랭크인 것이다.

그렇다면 S랭크의 마물은 어떤 괴물일지 상상할 수 없는걸.

"아무렴 어때. 마석보다 이 기타가 더 이해가 안 되니까……."

일단 레어 드롭 아이템인 것 같은데, 웬 기타?

헬슬라임을 해치웠을 때의 레어 드롭 아이템 【흑월의 목걸이】
처럼, 액세서리라면 좋았을 텐데…….

게다가 나는…… 악기라고는 리코더와 멜로디언밖에 다뤄 본
적이 없어. 오락이나 취미 삼아 다른 악기를 연주해 볼 여유가
없었거든.

그것보다, 제대로 다룰 수 있게 되면 불꽃을 조종할 수 있다고
하는데…… 마법을 쓸 수 있게 되는 것과는 좀 다른 것 같고, 대
체 어떤 의미일까?

"뭐, 나는 지금 여유가 조금 생겼잖아……. 책방에서 초심자
용 기타 교본이라도 사서 연습해 볼까?"

이제까지 취미 같은 건 없지만, 이번 기회에 뭔가를 시작해 보
는 것도 괜찮을지 모른다.

그런 생각을 하고 있을 때, 갑자기 눈앞에 메시지가 나타났다.

『레벨이 올랐습니다.』

"아, 레벨업했네."

역시 나보다 강한 상대와 싸우니 레벨이 간단히 오르는걸. 그
만큼 위험하지만 말이야.

나는 즉시 내 스테이터스를 표시했다.

【텐죠 유야】

직업 : 없음, 레벨 : 235, 마력 : 5900, 공격력 : 7900, 방어력 : 7900, 민첩력 : 7900, 지력 : 5400, 운 : 8400, BP : 200

스킬 : 《감정》, 《인내》, 《아이템 박스》, 《언어 이해》, 《진무술 : 7》, 《기척 감지》, 《속독》, 《요리 : 5》, 《지도》, 《간파》, 《약점 간파》, 《동화》.

칭호 : 《문의 주인》, 《집의 주인》, 《이세계 사람》, 《처음으로 이세계를 방문한 자》

"레벨이 2나 올랐어."

내 레벨만이 아니라 【진무술】 레벨도 올랐다. 느낌이 좋은걸.

일단 BP는 얼마 안 되니까 운에 전부 투자해서 8600으로 만들었다.

"좋아. 그럼 조금만 더 가 볼까."

이것저것 확인을 마친 나는 다시 숲속으로 걸음을 옮겼다.

＊ ＊ ＊

유야가 숲을 탐색할 즈음, 지구의 연예계에서는 큰일이 벌어졌다.

"어이, 그 사진 봤어?!"

"응, 봤어! 미우 양과 같이 사진을 찍은 남자 말이지?"

"그 남자애는 누구야? 어느 사무소 소속인데?"

"그걸 알 수가 없어……."

유야와 쇼핑몰에서 함께 촬영을 했던 미우가 소속된 사무소는 어떤 화제로 시끌벅적했다.

연예계의 정보망은 대단한지, 미우의 사무소만이 아니라 다른 사무소에서도 함께 촬영한 남자…… 즉, 유야에 관한 이야기로 시끌벅적했다.

아직 촬영이 있고 얼마 지나지 않았는데도 말이다.

그것은 주가가 오르기 시작한 모델인 미우의 사진이라서 그런 것만이 아니라, 촬영을 맡은 카메라맨인 히카루도 연예계에서 매우 유명한 인간이기 때문이다.

"어이, 그 남자애를 조사해!"

"이름이 뭐야?!"

"영업부는 뭐 하는 거야?!"

"반드시 우리가 차지하겠어!"

유야를 영입하기 위해, 다양한 패션 관련 사무소가 움직이기 시작했다.

하지만 사무소 측에서 함께 촬영한 미우에게 이름을 물어봐도 그것은 개인 정보이며 미우도 모른다는 대답만 돌아왔다. 카메라맨인 히카루도 사무소의 꿍꿍이에는 관심이 없는 타입이기에, 미우와 같은 이유로 유야의 이름을 밝히지 않았다.

그래서 유야의 이름이 사무소에 알려지는 일은 없었다.

이 판단이 옳은지는 미우도, 히카루도, 그리고 유야 본인도 알지 못했다.

하지만 미우와 히카루는 유야를 생각해서 한 행동이며, 유야 본인도 자신이 화제가 되고 있다는 것을 알 리 없기에 딱히 상관은 없었다.

게다가 유야는 현재 집에 틀어박혀 지내고 있었다.

외출은 일용품이 떨어지거나 학교에 갈 때만 하며, 그 일용품도 얼마 전에 보충했기 때문에 마주칠 가능성이 더욱 낮았다.

현재 유야는 이세계 생활을 즐기고 있으니, 어지간한 일로는 이세계 탐색을 관두지 않을 것이다.

——하지만 유야가 세간에 널리 알려지는 건 시간문제였다.

제6장 새로운 생활

나는 오늘부터 당당히 『오세이 학원』에 학생으로서 등교하게 된다.

전학 수속을 할 필요가 있을 줄 알았는데, 이사장이 손을 써 준 건지 내가 할 건 딱히 없었다. 정말 감사할 따름이다.

아무튼 이제부터 『오세이 학원』에 다닐 생각을 하니, 정말 기대되었다.

그런데 교복은 전에 받았지만 교과서와 체육복은 준비되지 않은 건지, 내일 받게 되었다.

그때까지는 옆사람과 같이 교과서를 보고, 체육은 견학이겠는 걸.

그런 생각을 하면서 등교하자, 『오세이 학원』의 교복을 입은 학생들이 나를 힐끔힐끔 쳐다보았다.

"저, 저기, 저 애는……."

"어제 화제가 되었던 그 사람?!"

"우와…… 대박 잘생겼네?!"

"장난 아니잖아…… 혹시 모델인가……."

"아니, 저런 미남 모델은 본 적 없다고."

으음…… 묘하게 시선이 나한테 쏠리고 있었다. 교복이 어울리지 않는 걸까?

조금 걱정하며 학교에 도착한 나는 먼저 이사장실에 있는 츠카사 씨에게 인사를 하러 갔다.

그러자 어제처럼 따뜻하고 자상한 미소로 나를 맞이해 줬다.

"호오, 잘 어울리는걸."

"그, 그런가요? 왠지 저한테 시선이 계속 모이는 것 같길래, 안 어울리는 줄 알았는데……."

"음…… 자네는 자신감을 가지는 것부터 시작하는 편이 좋을지도 모르겠군."

"네?"

"아무것도 아니네. 그것보다, 자네는 오늘부터 이 학교에서 생활하게 되었는데…… 어제 말했다시피, 교과서와 체육복은 내일 준비된다네. 미안하군."

"아뇨! 괜찮아요."

"그렇게 말해 주니 고마운걸. 내일 아침까지는 준비하지."

"네, 감사합니다."

필요한 대화를 마친 후, 이사장과 나는 잠시 잡담을 나눴다.

그리고 슬슬 교실로 향해야 할 시간이 되자, 이사장은 마지막으로 이렇게 말했다.

"혹시 곤란한 일이 있다면 나한테 언제든 말하게. 하지만, 내가 학교에 없을 때도 있으니, 그때는 내 딸인 카오리에게 말하면 되네. 이미 말을 해뒀으니 걱정하지 말게나."

"정말 하나부터 열까지…… 감사합니다."

나는 고마움을 담아 머리를 숙였다.

"개의치 말게. 자, 이제 그만 교실에 가보네. 이제부터 자네의 새로운 학교생활이 시작되니 말이야."

"네!"

나는 다시 한번 머리를 꾸벅 숙인 후, 이제부터 다니게 될 교실로 향했다.

* * *

"얘들아, 오늘부터 우리 반에서 함께 수업을 들을 텐죠 유야 군이야. 엊그제도 봤지? 다들 사이좋게 지내~."

"""네!"""

내 반은 지난번과 같은 곳이며, 료와 신고가 환하게 웃으며 손을 흔들었다.

우와. 나를 받아주는 사람이 있다니…….

예전과의 취급 차이에 눈물이 북받쳐 오르는 가운데, 나는 간단히 인사를 마치고 어제와 같은 자리에 앉았다.

그리고 옆자리인 효도 양에게 다시 인사를 했다.

"효도 양, 앞으로 잘 부탁해. 그리고 미안하지만…… 교과서는 내일 받아서, 오늘만 교과서를 보여주면 안 될까?"

"응, 잘 부탁해. 그리고 유키네라고 불러. 그리고 교과서도 보여줄게."

"고마워!"

정말 효도 양…… 아니, 유키네는 좋은 사람이다. 다음에 기회가 있으면 답례해야겠다.

나는 그런 생각을 하며, 새로운 반에서 수업을 받기 시작했다.

* * *

"우와……."

오후 수업.

료, 신고와 함께 점심 식사를 마친 후의 수업은 체육 시간이었다. 그것도 2교시 연속이었다.

점심 식사 후에는 졸린 만큼, 이렇게 몸을 움직이는 수업을 하게 된 건 좋았다.

하지만 나는 체육복이 없어서 참가하지 못하므로 견학만 했다.

그런 내 눈앞에서는 료가 축구공을 드리블하며 몇 명이나 제치는 광경이 펼쳐지고 있었다. 참고로 신고는 료와 같은 팀 같으며, 골대 앞에 서 있었다. 나도 운동을 잘하지 못하니까, 저 포지션에 있는 심정이 이해돼.

"어이! 누가 료를 막아아아아앗!"

"아니, 이미 세 명이 마크하고 있거든?!"

"세 명으로 무리면 다섯 명을 붙여!"

그러자 다섯 명이서 료 한 명을 막으려 했지만, 그는 그런 광경을 보고 히죽 웃었다.

"그건 악수거든? 에잇."

"""끄아아아악?!"""

료는 축구공을 발뒤꿈치로 차올려서 그대로 다섯 명의 머리 위를 통과시키더니, 본인도 그 공을 쫓으며 다섯 명 사이를 슬쩍 지나갔다.

"이야…… 신고한테 료가 대단하단 이야기는 들었는데…… 농담이 아니고 진짜 대단한걸……."

"맞아~. 같은 편 남자애들은 안심하겠지만, 상대 팀 남자애들은 필사적이야~."

"어?"

내가 무심코 중얼거린 말에, 누군가가 답했다.

놀라서 목소리가 들린 방향을 쳐다보니, 그곳에는 포니테일 모양으로 머리를 한, 활발해 보이는 여자애가 있었다.

"아, 나 때문에 놀랐어?"

"조금…… 으음……?"

같은 반인 건 알지만, 아직 이름은 외우지 못했다.

그게 상대방에게도 전해진 건지, 여자애는 미안하다는 투로 말했다.

"아, 미안해. 내 이름을 모르지……. 나는 카자마 카에데! 잘 부탁해, 유야."

"나야말로 잘 부탁해, 카자마 양."

내가 그렇게 대꾸하자, 카자마 양은 쓴웃음을 지었다.

"그냥 카에데라고 불러줘! 나도 유야라고 부르잖아."

"그, 그래? 알았어."

잘 생각해 보니 다들 이름으로 불러도 된다고 하는데…… 너무 친근한걸.

속으로 그렇게 생각하고 있을 때, 다른 여자애들이 다가와서 남자애들을 응원하고 있었다.

"힘내~."

"가라, 가~!"

"더, 더 달려!"

그 광경에 약간 놀라면서도, 나는 카에데에게 물었다.

"여자애들은 휴식 중이야?"

"응. 그래서 여자애들은 남자애들을 보러 오는 거야~. 역시 남자애들이 우리보다 박력 있거든!"

"그렇구나……."

카에데의 말에 납득하며 다시 운동장을 보니, 여자애들이 온 덕분에 남자애들의 사기도 급상승하면서 딱 봐도 움직임이 좋아졌다. 정말 알기 쉬운 녀석들이네.

"좋았어어어어어엇! 내 화려한 발놀림을 잘 보라고……!"

"아니, 나를 보란 말이야!"

"그것도 중요하지만, 우선……."

"""료를 무조건 막아!!"""

그러자 이번에는 골키퍼 이외의 전원이 료를 막으려고 했다.

"우왓?! 뭐, 뭐야?!"

"그 공을 내놔아아아아아아아아!"

"아니, 내가 뺏겠어어어어어어어!"

"어이, 비켜! 방해돼애애애애애!"

악귀처럼 몰려드는 남자들을 본 료는 표정을 굳혔다.

"아, 아무래도 이 숫자는 감당 못 해……!"

"""잡았다아아아아아아아아아아아아아!"""

상대 팀이 함성을 지르며 돌진하자, 료는 웃음을 터뜨렸다.

"어이어이……. 축구는 단체전이거든?"

"""뭐?!"""

료는 자신이 가지고 있던 공을 같은 팀 사람에게 패스했다.

"""아아아아아아아아아?!"""

"너희는 바보구나…….."

골키퍼 말고는 전원이 료를 막으러 온 바람에, 상대 팀의 골대까지가 텅텅 비어 있었다.

공을 받은 학생은 금발이 살랑거리는 미남이었다.

"후후후…… 나에게 공이 넘어온 만큼, 너희에게는 승산이 없다! 나의 묘기를 잘 봐라……!"

그는 머리카락을 쓸어넘긴 후, 엄청난 힘을 담은 공을 걷어찼다. ──우리가 있는 곳으로.

"엥?!"

"어이, 멍청아! 어디로 차는 거야!"

료가 무심코 외쳤지만, 공을 찬 본인은 넋이 나가 있었다.

하지만 그동안에도 공은 엄청난 속도로 우리가 있는 곳으로 날아오고 있었다. 대체 힘을 얼마나 실은 거야…….

아무튼 카에데를 비롯한 여자애들은 이 갑작스러운 사태에 대처할 수가 없는지, 몇 명은 비명을 지르며 몸을 웅크리기만 했다.

그 모습을 본 나의 몸은 어느새 자연스럽게 움직이고 있었다.

나는 공의 직선 코스에 있는 카에데를 감싸듯 선 후, 그대로 날아온 공을 향해 점핑 발리슛을 날렸다.

날아오는 공인데도 내 발차기가 깨끗하게 들어가자, 원래 료의 팀에서 노리던 골대를 향해 일직선으로 날아갔다.

그리고——.

"거, 거짓말……."

"고, 골인……."

"맙소사……."

당치도 않은 속도로 날아간 공이 깨끗하게 골인했다.

나는 아무렇지 않게 착지한 후, 내 뒤에서 멍하니 있는 카에데에게 말을 건넸다.

"괜찮아?"

"어……?! 아, 으…… 응! 괜찮아!"

"그렇구나. 다행이야."

정말 다행이다.

이세계를 오가게 된 후로 신체 능력이 극적으로 향상된 덕분에, 여자애들이 다치는 것을 막을 수 있었다.

예전에 미우 양을 희롱하던 남자를 제압했던 것도 그렇고, 나는 꽤 강해진 걸까? 아무튼, 별일 없어서 다행이다.

반사적으로 움직일 수 있었던 것도, 데빌 베어와 싸우면서 그 강인한 팔을 튕겨내기 위해 발차기를 날렸던 경험 덕분일지도 모른다.

그 점에 안도하며 무심코 미소를 짓자, 얼굴을 붉히고 있던 카에데가 곧 고개를 저으며 뭔가를 떠올린 듯이 나에게 물었다.

"헉……?! 유, 유야! 그것보다 방금 움직임은 뭐야?! 그런 움직임은 만화에서나 봤거든?!"

"어? 으음…… 저기, 뭐랄까…… 해 보니 됐다고 할까……."

최근 이세계에서 몸을 움직이는 법을 학습한 나는, 내가 상상하는 움직임을 재현할 수 있게 되었다. 뭐, 고생을 많이 했지만. 몸은 움직이는데도 내 의식이 따라가지 못하거나 하는 식으로.

그건 그렇고, 카에데가 데빌 베어와 싸우는 내 모습을 본다면 어떻게 생각할까.

그런 대화를 나누고 있을 때, 다른 여자애들도 나에게 고맙다고 말했다.

바로 그때, 료가 우리 곁으로 다가왔다.

"미안해. 다들 괜찮은 거야?"

"응, 유야가 지켜줬거든."

"그거 다행이네. 그것보다 유야는 정말 대단한걸. 너, 동아리 활동을 해 보는 것도 괜찮지 않겠어?"

"뭐?! 유야는 귀가부였어?!"

"으, 응……."

예전에는 뚱뚱해서 외출도 힘들어했거든.

"유야는 근육이 별로 많아 보이지 않아."

"카, 카에데?!"

얼마 전의 모습을 떠올리고 있을 때, 카에데가 내 팔과 배를 만져봤다.

"우와, 대단해! 옷을 입으면 모르겠지만, 만져 보니 근육이 엄청 많네! 너무 딱딱해서 깜짝 놀랐어!"

"그, 그래?"

"응~. 나도 육상부에서 운동하는데, 근육이 진짜 안 생겨~. 봐봐, 말랑말랑하지?"

"어어엇?!"

완전히 방심하고 있던 나는 손을 잡혀서 카에데의 배를 만졌다. 부, 부드러워…… 같은 소리 할 때가 아니거든?!

"카, 카에데 양? 저기…… 남자가 자기 몸을 만지게 하는 건 좀 그렇지 않으려나요……."

"어? 아…… 미, 미안해! 무의식중에 그런 거야…… ."

카에데는 갑자기 내 팔을 놓더니, 얼굴을 붉히며 머리를 긁적였다.

아니, 무의식이라도 문제가 있다고 생각하는데요! 너무 무방비하다고 생각해요!

"저, 저기!"

갑자기 누군가가 우리에게 큰 소리로 말을 건넸다.

목소리가 들린 방향을 보니, 아까 축구공을 찼던 금발 남자애가 눈에 들어왔다.

무슨 일인가 싶어 의아해하고 있을 때, 그는 물 흐르는 듯 자연스럽게 오체투지를 했다.

"잘못했습니다아아아아아아앗!"

너무 자연스러운 오체투지에 내가 한순간 넋이 나가 있을 때, 곧 카에데가 입을 열었다.

"에이, 괜찮아! 보다시피 다친 곳도 없는걸!"

"오오…… 용서해 주는 거구나……! 저는 평생 당신에게 헌신하겠사옵니다……!"

"어…… 그건 싫은데……."

"갓댐!"

이 남자애, 꽤 재미있는걸.

예전에 다니던 고등학교에서는 본 적 없는 타입의 학생이지만, 평범하게 착한 사람 같았다.

그런 그는 몸을 일으키더니, 나에게도 인사를 했다.

"자아…… 너한테도 도움을 받았네. 고마워."

"응. 내가 막을 수 있어서 다행이야. 다음부터는 조심해."

"선처하겠습니다!"

그렇게 말한 그는 뭔가 생각난 것처럼 자기소개를 했다.

"참, 아직 이름을 밝히지 않았네. 나는 이치노세 아키라. 【오세이 학원의 귀공자】가 바로 나야……!"

"저기, 그 말은 처음 듣는데……."

료는 쓴웃음을 머금으며 딴죽을 날렸다.

"보다시피, 아키라는 좀 특이한 구석이 있긴 해도 나쁜 애는 아니야. 뭐, 이 분위기에 익숙해지려면 시간이 걸릴지도 모르지만 말이야."

"무슨 소리를 하는 거야. 나는 지극히 평범하거든? 보다시피 말이야!"

그렇게 말한 그는 머리카락을 쓸어넘겼다. 일반적으로는 느끼해 보일 행동이지만, 아키라에게는 잘 어울렸다. 대단한걸.

확실히 좀 특이한 구석이 있어도 좋은 아이 같은데……. 이 학교는 진짜 재미있네. 예전 학교에서는 이런 생각도 못 했는데.

나는 또 그렇게 생각했다.

* * *

체육 수업을 마친 카에데와 다른 여학생들은 옷을 갈아입기 위해 탈의실로 향했다.

그곳에서는 다른 반의 여자애들이 옷을 갈아입고 있었다.

그중에는 카오리도 있는데, 친분이 있는 카에데는 옷을 갈아입으며 말을 건넸다.

"아, 카오리 양이다! 혹시 카오리 양네 반은 다음 수업이 체육이야?"

"네. 그쪽은 어땠나요?"

그 말을 들은 카에데의 눈이 빛났다.

"내 말 좀 들어봐! 전학생 유야 있지? 진짜 대단하더라니깐!"

"네? 유야 씨가요?"

"응! 오늘 체육 수업에서 남자들은 축구를 했는데, 아키라가 찬 공이 견학하던 우리한테 날아온 거야~. 그 공이 나한테 날아 와서 맞겠어! 싶었던 순간에 유야가 엄청난 몸놀림으로 공을 찼 는데, 그대로 골인하더라니깐! 대단하지 않아?!"

"어, 엄청난 몸놀림이요?"

카에데가 흥분한 투로 이야기하자, 카오리는 당혹스러운 어조 로 물었다.

그러자 카에데의 옆에서 옷을 갈아입던 유키네가 체육복을 벗 으면서 입을 열었다.

"응. 카에데 말이 맞아. 그건 만화나 애니…… 같은 데서나 나 올 법한 움직임이었어."

"그렇지? 그렇지? 진짜 대단했다니깐!"

"그랬나요……."

"정말 멋있었어~."

"응. 뭐랄까…… 【왕자님】! 느낌 아니었어?"

"아, 이해해! 분위기도 딱 그렇다니깐~."

카에데와 유키네에 이어서 다른 여학생들이 유야에 대해 이야 기했다.

그 모습을 본 카오리는 유야가 무사히 반에 녹아들고 있다는 것을 알고 안심했다.

그러자 카에데는 문득 어떤 의문을 입에 담았다.

"유야는 여친이 있으려나~."

"네?! 유, 유야 씨, 사귀는 분이 있나요……?"

"아, 아냐! 실제로 어떤지는 나도 모르거든? 하지만, 그렇게 멋진 남자잖아~."

"아…… 그, 그것도 그래요."

카에데의 말을 듣고 당황했던 카오리는 이어지는 말에 안도했지만, 이번에는 안도한 이유를 알 수 없어서 고개를 갸웃거렸다.

"아, 서두르지 않았다간 수업이 시작되겠어!"

"정말이네?! 이야기 늘어놔서 미안해!"

"아뇨, 개의치 마세요."

"체육 힘내~!"

시계를 보고 꽤 시간이 흘렀다는 것을 눈치챈 카에데 일행은 서둘러 옷을 갈아입더니, 그대로 탈의실을 뛰쳐나갔다.

"어……? 이 마음은, 뭘까……."

이제까지 경험해 본 적 없는 감정에, 카오리는 그저 당혹스러워했다.

* * *

"렉시아 님께서 무사히 귀환하셨습니다."

"뭐……?"

아르세리아 왕국의 중심부에 위치한 왕도 【몬트레스】.

그 몬트레스의 왕성에 있는 한 방에서, 한 남자가 보고를 받고 있었다.

"즉, 실패했다는 건가?"

"그렇다 할 수 있습니다."

"무슨 일이 있었는지, 자세히 이야기해 봐라."

"네……. 아무래도 호위를 맡았던 기사들과 렉시아 님을 떼어놓는 것까지는 순조로웠습니다만, 렉시아 님이 도망친 곳이……【대마경】이었다고 합니다."

"뭐?"

후드를 걸친 인물이 그렇게 말하자, 남자는 미간을 찌푸렸다.

"【대마경】…… 왜 그 땅에 발을 들인 거지?"

"렉시아 님께서는 거기가【대마경】인지 몰랐던 것 같습니다. 임무를 맡은 자들도 깊숙한 곳까지 쫓아간 결과…… 죽은 듯합니다."

"멍청한 놈들…… 그 땅의 마물들은 비정상적으로 강하지. 그런 곳에…… 잠깐만, 렉시아는 살아남았다는 건가?"

"네…… 아무래도 제 동포의 습격을 이겨낸 호위 기사들이 렉시아 님을 보호한 것 같습니다."

"이해가 안 되는군.【대마경】에 발을 들였는데, 왜 렉시아는 무사하고 자객들만 죽은 거지? 마물에게 습격당한 게 아닌가? 아니면 기사들이 제때 도착해서 자객을 죽인 건가?"

"죄송합니다만, 아직 그 정보는……."

"흥…… 쓸모없군."

후드를 쓴 인물은 송구해하면서 말했다.

남자는 그런 그를 내려다보더니, 눈을 부릅뜨고 눈앞에서 고개를 숙이고 있는 후드를 쓴 인물을 매섭게 노려봤다.

"설마…… 내 정체까지 알려진 건 아니겠지?"

"단정할 수는 없습니다만, 그런 걱정은 안 하셔도 될 것 같습니다."

그는 호화로운 의자에 앉은 채, 손에 든 술을 한 모금 마셨다.

그리고 눈앞에 있는 후드를 쓴 인물을 향해 잔을 던졌다.

"윽."

"단정할 수 없어? 헛소리하지 마라. 더러운 고아인 네놈들을 거둬서 길러 준 게 누구지?"

"전하이십니다."

"그럼 죽더라도 내 정보를 입에 담지 마라. 흥. 아직 병사가 한 명도 오지 않는 것을 보면, 이번에는 정보가 새지 않은 것 같구나."

그 말대로, 렉시아를 습격한 인물들의 신원은 밝혀지지 않았다.

고블린 제너럴이 그들을 판별할 수 없을 정도로 잔혹하게 죽였기 때문이지만, 주인의 정보를 렉시아에게 한마디도 하지 않은 것 또한 그 이유 중 하나였다.

"하지만 이번 일로 한층 더 경계하는 건 틀림없겠지. 렉시아 본인의 힘은 뻔하지만, 주변 기사들은 성가셔. 알지?"

"네……."

"이번 실패는 네놈이 생각하는 것보다 더 심각하다. 내 실책이 알려지면, 내 지위도 흔들릴 테지……."

"……."

"다음이 마지막이다. 다음 임무도 실패하면…… 네놈들에게 더는 볼일이 없다."

"명심하겠습니다……."

"알면 됐다. 물러나라."

"네."

그러자 후드를 쓴 인물은 어둠에 녹아들듯 그 자리에서 사라졌다.

남자는 의자에 몸을 맡기더니, 화가 치밀어오르는 듯한 어조로 중얼거렸다.

"더러운 피가…… 네놈의 존재가, 왕가에…… 나에게 방해돼. 다음에는 반드시 죽여 주마……."

그 독백은 어둠에 삼켜졌다.

* * *

장소를 바꿔, 렉시아는 아르세리아 왕국 왕성에 있는 자기 방의 침대에서 쉬고 있었다.

그런 렉시아의 곁에서 중년 기사── 오웬이 걱정스러운 표정을 지으며 물었다.

"실례하겠습니다, 렉시아 님. 기분은 어떠신지요?"

"응, 괜찮아."

렉시아는 정체불명 집단에 습격받고도 무사히 왕도까지 돌아

와서 습격 사건을 보고했지만, 그 집단에 관한 정보가 없기에 국왕은 나설 수가 없었다.

"정말 괜찮습니까?"

"응. 아버님께 자꾸 폐를 끼칠 수는 없는걸. 나는 이렇게 무사하니까, 그걸로 충분해."

더 말해 봤자 소용없다는 걸 깨달은 오웬이 렉시아에게 다른 질문을 던졌다.

"렉시아 님. 【대마경】에서 무슨 일이 있었는지, 이야기해 주시지 않겠습니까?"

"정신을 차렸을 때도 말했다시피, 그 집단이 누구의 수하인지는 정말 몰라. 그리고 그 집단을 죽인 건 고블린 제너럴인걸……."

"그게 불가사의합니다. 저희가 도착했을 때는 고블린 제너럴은 보이지 않았죠. 상황을 보자면, 렉시아 님만 살려줬다고 보는 건 어려울 듯합니다만……."

"그건 그렇지만……."

그 순간, 뭔가를 떠올린 렉시아가 말을 멈췄다.

이제까지 고블린 제너럴에게 습격을 당한 충격과 피로 탓에 기억이 몽롱했지만, 이제야 어떤 청년의 모습이 뇌리를 스쳤다.

"그러고 보니……! 어떤 남자가 나를 구해줬어!"

"남자?"

오웬은 신비한 표정을 지었다.

"응, 나와 비슷한 또래였어."

"렉시아 님과?! 그럼 이제 막 성인이 된 나이에 고블린 제너럴을 해치웠다는 겁니까……."

오웬은 렉시아의 말에 진심으로 놀랐다.

오웬도 고블린 엘리트를 혼자서 해치우는 게 고작이었고, 더 강한 고블린 제너럴을 토벌하는 건 생각도 못 할 일이었다.

게다가 오웬은 이 아르세리아 왕국만이 아니라 다른 나라에도 이름이 널리 알려진 실력자다.

이 나라에서는 열다섯 살이 되면 성인으로 치는데, 그렇게 젊은 청년 사람 중에 오웬보다 실력이 훨씬 뛰어난 자가 있을 것 같지는 않았다.

하지만 렉시아 또한 자기가 한 말이 얼마나 비상식적인지 알기에, 곧 부정하는 말을 입에 담았다.

"하, 하지만 내가 잘못 봤거나 절망한 탓에 헛것을 본 걸지도 몰라."

"아뇨, 그렇지는 않을 겁니다."

"뭐?"

부정을 당한 거라고 생각도 못 한 렉시아는 무심코 입을 열었다.

"실은 저희가 렉시아 님의 기척을 감지했을 때, 렉시아 님의 곁에 누군가의 기척이 존재했습니다. 하지만 어찌 된 건지 그 기척이 깨끗하게 사라져서, 저 또한 착각이라고 생각했습니다만……."

"그, 그럼 그 사람은 진짜로……."

"네. 누구인지는 모르겠습니다만, 실존할 겁니다. 그나저나 어떤 인물이었습니까?"

"으음…… 검은 머리와 검은 눈이 아름다운…… 뭐랄까, 다른 나라의 귀족 같은 사람이었어."

"검은 머리카락과 검은 눈인가요. 확실히 이 아르세리아 왕국에서는 보기 힘들죠……. 게다가 타국의 귀족이라면 성가신 일이 벌어질지도 모르겠습니다."

"성가신 일?"

"아닙니다. 아무것도 모르는 지금, 억측을 늘어놓는 건 관두죠. 하지만 그 청년이 어떤 이유로 모습을 감춘 건지는 모르겠지만, 적대하거나 해를 끼칠 생각은 없는 것 같으니 아직은 심각하게 경계할 필요는 없을 겁니다."

오웬으로서는 렉시아를 노리는 인물이 더 늘어나는 건 환영할 일이 아니다.

하지만 그 상황에서 렉시아를 죽이지 않은 것을 보면 안이하게 적대자로 단정하기는 이르다고 판단했고, 다른 귀족들과 마찬가지로 경계만 하기로 내심 결의했다.

오웬이 어떤 결의를 하는지 알 리 없는 렉시아가 창밖을 쳐다보며 한숨을 내쉬었다.

"그분은 누구실까…… 다시 뵐 수만 있다면……."

렉시아는 또 작게 한숨을 내쉬었다.

"도움을 받은 만큼, 빨리 고맙다는 말을 해야겠어!"

"네?!"

오웬은 렉시아의 말에 무심코 그렇게 외치면서, 불길한 예감이 들었다.

　그리고 그 예감은 적중했다.

　"결심했어! 다시 한번 【대마경】에 가자! 그러면 그 사람과 다시 만날 수 있을지도 몰라!"

　"레, 렉시아 님?! 그건 위험합니다! 또 자객에게 습격당할지도……."

　"괜찮아. 내가 가려는 곳은 【대마경】인걸. 아무도 쫓아오지 못해."

　"그 【대마경】이 문제라는 겁니다! 얼마나 위험한 곳인지 몸소 겪으셨지 않습니까!"

　"응. 하지만 당신이 있으면 괜찮잖아?"

　"아무리 저라도 【대마경】은 위험한 장소입니다! 그리고 폐하께는 뭐라고 말씀드릴 겁니까?!"

　오웬은 확실히 강하지만, 그 강함이 【대마경】에도 통용되느냐면 이야기가 달라진다.

　실제로 고블린 엘리트 정도라면 몰라도 고블린 제너럴에게 습격당한다면 대처할 수 없는 것이다.

　그 이전에, 얼마 전에 습격받은 사랑하는 딸을 국왕이 보내줄 리가 없다.

　"괜찮아! 내가 설득할게. 그리고 왕족이 도움을 받고서 고맙다는 말 한마디도 안 했는걸…… 나는 직접 만나서 고맙다고 말하고 싶어!"

"하, 하지만……!"

"이미 결심했어. 그러니 지금 바로 아버님을 만나러 갈래!"

"기, 기다려 주십시오, 렉시아 님……!"

결국 오웬은 말리지 못했고, 렉시아는 아버지인 국왕과 담판을 지으러 갔다.

* * *

유야가 모르는 곳에서 이야기가 진행되는 가운데, 세간에서는 어떤 인물이 화제가 되고 있었다.

"저기, 이번 달【CutieBeauty】봤어?!"

"응, 봤어! 미우 옆에 있던 남자애는 누구야?!"

"일반인 같던데…… 엄청 멋지더라니깐!"

──그렇다. 유야가 모델인 미우와 촬영한 사진이 실린 패션 잡지가 나온 것이다.

인기 급상승 중인 모델인 미우가 살린 만큼 젊은 여자들을 중심으로 수많은 구독자가 있는데, 독자들은 잡지에 미우와 투샷으로 실린 유야에게서 눈을 떼지 못했다.

"촬영은 이 근처 쇼핑몰에서 한 것 같은데…… 혹시 근처에 사는 사람일까?!"

"우리와 같은 또래 같던데…… 고등학생 아니야?"

"뭐~?! 그럼 같은 학교 학생이 진짜 부러워!"

"나, 그 사람의 팬이 될지도 몰라……."

"그런데, 그 미소는 대박 아니야? 카메라맨 실력도 끝내줘!"

구독자 중에는 유야를 모르는 사람만이 아니라, 아는 사람도 당연히 있었다.

"어…… 이 사람은 유야?!"

"거짓말, 진짜야?!"

"그가 그 소문 자자한 편입생이야?"

"맞아! 같은 반인데, 진짜 멋지다니깐! 지난번 체육 때도 진짜 대단했어!"

"어, 그 이야기 좀 자세하게 해 봐!"

"이런 미남이 존재할 줄이야……. 솔직히 말해, TV에서 본 아이돌이나 배우보다 더 잘생긴 거 아니야?"

"아, 나도 그런 생각 했어!"

"아니, 비교할 것까지도 없어!"

같은 『오세이 학원』의 인간 사이에서도 당연한 듯이 알려졌지만, 유야의 이야기는 다른 사람들 사이에서도——.

"——미우 양!"

"아, 히카루 씨! 안녕하세요."

"안녕. 유야 군과 촬영한 잡지, 엄청나게 잘 팔려서 주문이 쇄도하고 있나 봐!"

"네엣?! 그, 그런가요?!"

유야와 촬영을 함께 했던 미우와 히카루 역시 유야에 관해 이야기하고 있었다.

"응. 나도 꽤 오랫동안 카메라맨을 했지만, 이렇게까지 잡지가 잘 팔린 건 처음이야."

"유야 씨는 정말 대단하네요……."

"무슨 소리를 하는 거야. 미우 양의 인기도 더 상승했잖아? 사장도 일이 잔뜩 들어왔다면서 기뻐하던걸……?"

"아, 아하하하하……."

소속사 사장을 상상한 미우는 무심코 쓴웃음을 흘렸다.

"그래도 유야 군은 정말 대단하네. 고작 한 번의 촬영으로 이렇게 세간을 떠들썩하게 만들었잖아……. 미우 양, 어때? 이참에 유야 군에게 대시해 보지 그래?"

"네?! 그, 그건 무리예요! 유야 씨는 참 상냥하고, 지난번에 그 남자 모델이 저한테 추근댔을 때도 도움을 받았지만…… 그렇게 멋진 사람이라면, 분명 애인이 있을 거예요."

"어머, 그건 모르는 일이야. 하지만 그렇게 괜찮은 애는 흔하지 않으니까, 기회가 있으면 대시해 봐."

"히카루 씨는 정말…… 그래도, 유야 씨에게 진짜 애인이 없다면——."

유야가 모르는 곳에서, 점점 이야기가 커지고 있었다.

내일, 학교에 가서 어떤 일을 겪을지…… 본인은 아직 몰랐다.

* * *

『오세이 학원』에 다니기 시작하고 시간이 조금 흘렀지만, 왠지 평소보다 더 시선이 느껴졌다.

그것도 시선을 보내는 사람 대부분은 여자애였다.

"저, 저기! 쟤, 잡지의 그 애 맞지?!"

"지, 진짜?! 저 교복은 『오세이 학원』의 교복이잖아!"

"사진보다 더 멋지지 않아?!"

"비나이다~ 비나이다~."

왠지 나를 쳐다보며 기도하는 사람도 있었다. 내 뒤에 누가 있나?! 뭐야, 무서워!

그러자, 나를 쳐다보던 여자애 중 한 명이 말을 건넸다.

"저, 저기!"

"네?"

"악수해 주지 않겠어요?!"

"네엣?!"

아, 악수? 뭐야. 이게 무슨 상황이지?

영문을 몰라서 당혹스러워하고 있을 때, 주위에서 나를 쳐다보던 여자애들이 일제히 다가왔다.

"저, 저도 부탁해요!"

"앗, 약았어!"

"사진 찍어도 될까요?!"

"부디 친구부터……!"

아니, 진짜로 영문을 모르겠거든?!

혹시…… 누군가와 착각했나?

그것 말고는 모르는 사람이 악수를 요청할 이유가 생각나지 않았기에, 나는 허둥지둥 거절했다.

"죄, 죄송해요! 다른 사람과 착각했나 보네요! 저, 저기……
이만 가 볼게요!"

"앗!"

느닷없이 모르는 사람에게 둘러싸인 바람에 당황한 나는 도망
치듯 학교로 향했다.

복도를 걸을 때도 나를 쳐다보며 소곤거리는 사람이 많았기
에, 내 의문은 부풀어 오르기만 했다. 진짜 뭐야? 혹시 바지 지
퍼가 열렸나?! 아니지, 그런 사람한테 악수를 청하는 건 말이 안
되잖아.

일단 내 바지를 확인해 봤지만, 딱히 이상한 구석은 없었다. 그
냥 내가 이상해서 쳐다보는 거라면, 뭐라 할 말이 없지만.

결국 아무것도 모르는 상태로 교실에 가서 자리에 앉자, 카에
데가 흥분한 느낌으로 다가왔다.

"아, 유야! 좋은 아침!"

"좋은 아침. 기운이 넘치네? 무슨 일 있었어?"

"나는 항상 기운이 넘치거든? 아, 그것보다 이걸 봐!"

"어?"

갑자기 카에데가 내 책상 위에 잡지 한 장을 뒀다.

"여기! 이 페이지! 미우 씨와 같이 찍힌 사람, 유야 맞지?!"

"어, 진짜네. 책이 나왔구나……."

요전번에 쇼핑몰에서 모델인 미우와 같이 촬영했던 사진이 잡
지 1면에 실려 있었다.

그런데 이 사진은 언제 찍힌 거지?

잡지에 실린 것은 나와 미우 양이 벤치에서 즐겁게 담소를 나누는 사진이었다.

하지만 히카루 씨의 지시로 취한 포즈 중에 이런 건…… 아.

미우 양과 모델과 직업 이야기를 할 때, 찍힌 거구나……. 그래서 그 후에 촬영을 안 한 거야.

그건 그렇고…… 이 사진의 나는 자연스럽게 웃고 있으니까, 결과적으로 잘된 걸까?

다른 사진도 쓰이기는 했지만, 벤치에서 찍힌 사진이 가장 크게 양면으로 실려 있었다.

잡지를 보며 홀로 납득하고 있을 때, 카에데가 작게 한숨을 내쉬었다.

"하아…… 반응을 보니 진짜로 유야인가 보네……. 이 사진, 정말 끝내줘~."

"정말? 고마워. 하지만 카메라맨의 실력이 엄청 좋았어. 그리고 미우 양도 대단했고……."

"무슨 소리야! 유야도 같이 찍힌 미우 씨에게 전혀 밀리지 않거든?!"

카에데는 그렇게 말했지만, 촬영 현장을 봤다면 그런 소리를 못 했을 것이다. 나는 표정도, 몸도 딱딱하게 굳을 만큼 긴장했었거든.

그러던 카에데는 갑자기 볼을 부풀렸다.

"그래도, 너무 가까운 거 아니야?"

"뭐?"

카에데가 손가락으로 가리킨 것은 미우 양이 몸을 밀착했을 때의 사진이었다.

　"일이라는 건 알지만……혹시 둘이서 사귀는 거야?"

　"뭐? 아, 아냐!"

　"흐음…… 그렇구나…… 아직 사귀지는 않는구나……."

　"?"

　허둥대며 부정하자, 카에데는 약간 안도하는 반응을 보였다.

　카에데와 이야기를 나누는 사이에도, 다른 애들이 시선을 보내고 있었다.

　"봐, 유야야!"

　"사진도 멋지지만, 역시 실물은 다르네."

　"하아…… 멋지다고 생각했지만, 설마 인기 모델인 미우와 나란히 촬영할 정도일 줄은 몰랐어……."

　"하지만 유야는 정말 상냥하고, 료나 신고와 이야기할 때면 훈훈해 보인다니깐."

　"그 이야기, 자세하게 해 봐!"

　"어, 뭐, 뭐야? 무섭네……."

　교실 안에서도 시선이 느껴지는 것을 보면, 카에데처럼 잡지를 본 사람이 많은 걸까?

　아, 이 잡지를 본 사람이 등교 중에 악수를 요청했던 거구나!

　하지만 한 번의 촬영이 이렇게 영향을 끼치는 걸까? 나는 미우 양처럼 대단한 모델도 아닌데…… 악수할 거면 미우 양과 해야 하는 거 아니야?

그런 대화를 나누고 있을 때, 등교한 료와 신고가 나를 보자마자 엄청난 기세로 다가왔다.

"어이, 유야! 너, 큰일났더라?!"

"큰일?"

"그래. TV에서 너를 다루더라고!"

"뭐?"

료의 말에 내가 얼빠진 목소리를 낼 수밖에 없었다.

내가…… TV에?

"에이, 농담이지? 나는 TV에 출연한 적이 없는데……."

"지, 진짜야. 인기 급상승 중인 모델인 미우 양과 함께 찍힌 남자는 누구인가, 라고……."

"…………정말이야?"

"정말이야, 정말. 봐."

료는 동영상 사이트에 올라와 있는 뉴스의 일부분을, 스마트폰으로 나에게 보여줬다.

『——그건 그렇고, 미우 양과 함께 찍힌 남성은 누구일까요?』

『느닷없이 나타난 유망주일까요?』

『네. 외모도 외모지만 사진에서 느껴지는 아우라! 아이돌이나 배우와는 조금 다르지만, 저 기품은 아무나 자아낼 수 있는 게 아니죠. 그런 인물이 신인도 아니라 일반인이라니, 믿기지 않군요!』

『지금껏 전혀 화제가 되지 않았다는 게 신기할 정도니까요!』

『여러 업계 사람들도 주목하고 있다죠?』

『참 대단하군요!』

나는 넋이 나간 채로 그 영상을 봤다.

이거…… 진짜로 나를 말하는 거야? 다른 사람이 아니라?

"유야의 반응을 보니, 당사자만 몰랐던 것 같네……."

"어, 그럴 수도 있는 거야?"

"그, 그게, 유야를 봐. 완전히 넋이 나갔잖아……."

아직 상황을 제대로 이해하지 못했지만, 나는 오늘 아침의 일을 떠올렸다.

"그래서 오늘 아침에 별의별 사람들이 나를 쳐다보거나, 말을 걸었던 거구나……."

역시 그랬어. 이상하다고 생각했다니깐.

잡지 하나에 영향력이 없다고 생각하는 건 아니지만, 그래도 그렇게 많은 사람이 나에게 말을 거는 사태가 벌어졌다고는 생각하기 어렵다.

하지만 이런 식으로 TV에서 다뤄졌다면, 이야기는 달라진다.

내가 넋이 나간 채 스마트폰 화면을 보고 있자, 카에데가 흥분한 어조로 알려줬다.

"대단해! 지금 여자애들 사이에선 유야 이야기로 난리라니깐!"

"나 같은 애로 그럴 건 없는데…… 아무것도 없는 내가 아니라, 요즘 활약 하는 아이돌 이야기를 한다거나…… 애초에 왜 나 같은 녀석으로 그러는 건데?"

내가 그렇게 말한 순간, 세 사람은 허를 찔린 듯한 표정을 지었다.

"어? 왜 그래?"

"으, 으음…… 유야? 방금 그 말, 진심이야?"

"응."

히카루 씨는 정말 대단하네. 벤치에 앉아 있는 사진 말고도, 나를 이렇게 멋지게 찍어줬잖아.

"유, 유야…… 자기 평가가 너무 낮은 거 아냐?"

"그래? 타당하다고 생각하는데…….”

다른 사람들이 말하는 것처럼, 겉모습은 꽤 나아졌다고 생각한다. 하지만 나는 나 자신을 좋아할 수가 없었다.

겉모습이 달라진 지금도 예전 모습이 뇌에 새겨져서 지워지지 않는 데다, 예전에는 달라지고 싶다는 생각을 한 적도 한두 번이 아니었다.

같은 피가 흐르는 요타와 소라가 뛰어난 외모를 지닌 점 또한, 나의 그런 생각을 조장했다.

그래서, 나는 나를 딱히 좋아하지 않는다.

뭐, 예전과 달리 '싫어서 미치겠다'가 아니라 '딱히 좋아하지는 않는다' 정도로 랭크업했지만 말이다. 이것도 이세계에서 레벨을 올린 덕분이다.

조금씩 자신감을 쌓아간다면 좋겠지만, 느닷없이 떠받들어져 봤자 믿기지 않는 데다, 금방 자기 자신을 좋아하게 될 리도 없다.

내가 약간 어두운 표정을 짓자, 료는 진지한 표정으로 나에게 말했다.

"유야. 과거에 무슨 일이 있었는지는 모르겠지만, 네가 너를 인정해 주지 않으면 어쩌냐고."

"뭐?"

"그러니까, 솔직하게 자신감을 좀 가지란 소리야!"

"자신감을 가져도 될까?"

"당연히 괜찮지. 안 그래?"

"잘 모르겠지만…… 괜찮지 않을까?"

"잘 모르겠으면 안 괜찮은 거 아니냐고……."

"료, 사소한 건 신경쓰지 마!"

"나, 나도 도울게. 자신감을 가지지 못하는 심정이라면, 나도 잘 알거든."

……정말 이 학교에는 따뜻한 사람이 잔뜩 있는 것 같다.

세 사람의 말을 듣고, 나는 마음이 푸근해지는 걸 느꼈다.

제7장 용기를 낸 한걸음

"……."

수업 시간 동안, 나는 멍하니 창밖을 봤다.

아침에 료와 다른 이들이 한 말을 여러모로 생각해 봤다.

자신감을 가져도 된다고……?

선생님의 말을 한 귀로 흘려들으면서, 기계적으로 공책에 칠판에 있는 내용을 적었다.

이러면 안 된다. 지금은 수업 시간이니 선생님의 말에 귀를 기울여야 하지만…… 집중할 수가 없었다.

밖을 멍하니 쳐다보니, 운동장에서는 다른 반이 체육 수업을 하고 있었다. 유심히 보니, 카오리도 있었다.

그런 수업 풍경을 쳐다보다 우연히 카오리와 시선이 마주치자, 나를 향해 살며시 손을 흔드는 것이 보였다.

나도 무심코 손을 흔들었지만, 수업 중이라는 것을 떠올리고 칠판에 의식을 집중하려던 바로 그때였다.

"——아니?! 너희는 뭐냐?!"

갑자기 운동장이 소란스러워졌다.

그 소란은 우리 교실에까지 전해졌고, 나만이 아니라 다른 학생들도 눈치챘다.

"뭐야?"

"무슨 일이지?"

다들 창밖을 쳐다보니, 그곳에는 화려한 복장을 한 남성들이 오토바이로 운동장을 달리고 있었다. 그 숫자는 수십 명쯤 되는 것 같았다.

게다가 어느 오토바이나 두 명씩 타고 있었으며, 다들 못이 박힌 야구 방망이 같은 흉흉한 것을 들고 있었다.

운동장에서 수업을 받던 학생들은 패닉 상태에 빠졌으며, 선생님이 필사적으로 진정시켰다. 하지만 어느새 학생들은 그 남성들에게 포위되었다.

"너희는 뭐냐?!"

"시끄러우니까 찌그러져 있어!"

주의를 주려고 다가간 체육 선생을 향해 한 남성이 야구 방망이를 인정사정없이 휘둘렀지만, 그 선생님도 체육 교사답게 그 공격을 어찌어찌 피했다.

바로 그때, 교무실에 있던 선생님 몇 명이 밖으로 나왔다.

"너희는 자습하고 있어라."

우리 반에서 수업하던 선생님도 그렇게 말하더니, 서둘러 교실을 나섰다.

하지만 밖이 신경 쓰여서 자습을 할 수 없는지, 다들 창가로 몰렸다.

"뭐야?! 무슨 일이 일어난 거야?!"

"어라? 저 도깨비 마크, 본 적이 있는 것 같은데…….”

"저, 저건 【레드 오거】의 마크 아니야?!"

"【레드 오거】?!"

그 말에 나도 과잉 반응했다.

왜냐하면, 그 그룹은 예전에 다니던 학교에서 나를 괴롭히던 아라키가 속해 있던 불량 서클인 것이다.

아니…… 【레드 오거】가 왜?!

운동장에서 선생님들이 불량학생을 필사적으로 설득하려 하는 모습을 멍하니 쳐다보고 있을 때, 그들 사이에서 아는 인물을 발견했다.

"아니…… 요타…… 소라……?"

불량학생들 뒤에서 웃고 있는 요타와 소라를 발견했다.

게다가 유심히 보니 아라키를 필두로 해서 나를 괴롭히던 아이들도 그 자리에 있었다.

영문을 몰라 내가 멍하니 있을 때, 불량학생들에게 포위당한 카오리가 그런 상황에서도 의연한 태도로 물었다.

"이 학교에 무슨 볼일이시죠? 공교롭게도, 아버님께선 지금 학교에 안 계십니다만…….”

"무슨 볼일? 그야 당연히 엉망진창으로 만들려고 온 거죠.”

카오리의 질문에 답한 건, 불량학생이 아니라 요타였다.

"당신은…….”

"아, 우리를 기억하는군요. 엘리트니까 잊은 줄 알았어요. 하지만 기억한다면 이야기가 빠르겠네요.”

"이런 짓을 한다고 무슨 이득이 있죠? 경찰도 곧 올 거예요. 왜 이런 짓을……."

"하지만 경찰이 올 때까지는 아무것도 못하죠? 우리가 여기 선생님들보다 숫자가 많은 데다…… 우리한테는 당신들이라는 인질도 있으니까요."

"윽!"

요타의 말처럼, 선생님들은 십여 명밖에 안 되므로【레드 오거】전원을 상대할 수 없었다.

이러지도 저러지도 못하는 선생님들과 학생들 앞에서, 요타는 음흉한 미소를 흘렸다.

그런 요타에게, 불량학생 중에서도 특히나 근육질인 남자가 말을 건넸다.

"어이, 요타. 이제 그만 작살을 내버려도 되지? 경찰이 오면 성가시거든. 표적이 저 여자라면, 쟤만 납치해도 되잖아?"

"그래요……. 실은 빌어먹을 형한테도 볼일이 있지만, 어쩔 수 없죠. 그럼 저 사람을 데려가도록 할까요."

"휘유! 돌아가서 화끈하게 즐겨보자고!"

"윽!"

눈빛이 번들거리는 남자가, 카오리를 붙잡으려고 다가가기 시작했다.

그걸 막기 위해 나서려던 선생님들은 다른 불량학생들에게 견제당하는 데다, 그들이 다른 학생들을 해치려고 드는 바람에 함부로 움직일 수가 없었다.

"어이! 이건 좀 위험한 거 아니야?!"

"어, 어쩌면 좋지……."

료와 다른 학생들이 상황이 위험하다는 것을 느꼈지만, 불량 학생들이 무서워서 좀처럼 나서지 못했다.

나도…… 솔직히 말해 무섭다.

집단 괴롭힘을 당하던 기억이 머릿속에 다시 떠오르자, 지금도 몸이 떨렸다.

하지만 내가 떨고 있는 사이에도, 불량학생들이 카오리에게 다가가고 있었다.

나는…… 나는…….

"어? 저기, 유야…… 괜찮아?"

"안색이 나쁘네."

"야, 양호실에 가 보는 편이 좋지 않을까?"

떨고 있는 나를 본 료와 다른 클래스메이트들이 진심으로 나를 걱정해 줬다.

그런 그들을 보니, 나는 나 자신이 너무 부끄러웠다.

그저 떨면서 꼼짝도 못하는 나 따위를, 이렇게 걱정해 주다니…….

이래서야 레벨업을 하기 전이나 다를 게 없잖아.

그때, 나는 아침에 료가 했던 말을 떠올렸다.

지금의 나는 자기 자신에게 자신감을 가질 수가 없어. 아니, 가지고 싶지 않아.

눈앞에서 카오리가 끌려가려고 하는데, 나는 무서워서 꼼짝도

하지 못했다.

할아버지가 그런 나를 본다면, 뭐라고 할까?

카오리와 처음 만났을 때는, 무서웠지만 나섰다.

그때는 결국 멋지게 구해 주지 못했고, 일방적으로 두들겨 맞기만 했다.

하지만…… 지금의 나보다는, 당당히 가슴을 펼 수 있는 존재였다.

이렇게 몸이 강해졌는데, 마음은 약하다니…… 할아버지도, 이세계도…… 무엇보다 예전의 나 자신을 볼 면목이 없어.

지금 바로 자신감을 가질 수는 없지만…… 언젠가 자신감을 가지게 되었을 때, 가슴을 펴고 싶어……!

그러려면 어떻게 해야 하지?!

그야 물론——.

"어?! 유야?!"

"어, 어이?!"

그렇게 생각한 순간, 내 몸은 이미 움직였다.

창틀에 발을 걸친 후, 나는 그대로 몸을 날렸다.

"우오오오오오?! 뭐하는 거야?!"

"유야?! 여기는 4층이란 말이야아아아!"

내 행동에 눈이 튀어나올 정도로 놀란 료와 카에데가 창밖으로 몸을 쑥 내밀며 그렇게 외쳤다.

하지만, 4층에서 뛰어내린 나는 멀쩡히 운동장에 착지했다.

"유야! 괜찮은 거야?!"

"응!"

"아, 그거 다행——이 아니잖아! 어이, 뭐 하는 거야?!"

"좀 말리고 올게!"

"편의점 가는 감각으로?!"

료와 다른 애들에게는 미안하지만, 나는 서둘러 카오리의 곁으로 향했다.

"——요타, 소라……!"

"유, 유야 씨?!"

"망할 형……."

"뭐야. 찾을 수고가 줄었네."

내가 다가가자, 선생님들과 카오리 뿐만 아니라 요타와 소라도 놀랐다.

바로 그때, 아라키가 미소를 머금으며 요타에게 물었다.

"어이, 요타. 이 녀석, 내가 해치워도 되지?"

"네. 적당히 밟아준 다음, 일단 저 여자와 같이 끌고 가죠."

"헤헤헤…… 오래간만이구나, 망할 자식아. 너의 그 짜증나는 면상을 지금 이 자리에서 예전의 그 못생긴 낯짝으로 되돌려주마."

"……."

아라키는 그렇게 말하더니, 항상 나를 괴롭히던 멤버들과 함께 나를 포위했다.

다들 손에 금속 야구 방망이와 목도를 쥐고 있었다.

예전의 나라면 벌벌 떨거나, 일방적으로 두들겨 맞았을 뿐일 것이다.

하지만 이세계에서 레벨업을 한 덕분에, 나는 성장했다.

더는 아라키 패거리가 두렵지 않다. 지금의 나라면, 카오리와 다른 애들도 구할 수 있다……!

"그럼…… 일단 한 대 날려 보실까……!"

아라키는 망설이지 않고 내 머리를 향해 금속 야구 방망이를 힘껏 휘둘렀다.

그 모습을 본 주위의 선생님과 학생들이 비명을 질렀다.

하지만, 나는 마음속으로 다른 감정을 느끼고 있었다.

어, 어라? 느, 느린 것 같지 않아?

큰 결심을 한 직후인데, 그 공격을 보고 무심코 넋이 나갔다.

그러고 보니 촬영 때에 미우 양을 집적거리던 남자 모델이 전직 복서라는 이야기를 들었는데, 전혀 강하지 않았어.

그때도 이세계의 마물에 비하면 약해 빠졌다고 느꼈다.

지금도 그 남자 모델에게 공격받았을 때보다 위기 상황인데, 역시 이세계의 마물에 비하면 아라키의 공격이 전혀 위협적으로 느껴지지 않았다.

으음…… 일단 이 공격을 맞더라도 무사할 것 같지만, 이유를 모르는 사람들 눈에는 그렇게 보이지 않을 테니…… 맞아 줘서는 안 되겠지.

"영차."

"어어?"

내가 몸을 비틀어서 피하자, 아라키는 공격이 빗나갈 거라고는 생각하지도 못했는지 눈을 부릅뜨면서 언짢은 듯이 미간을 찌푸렸다.

"이 자식…… 쓰레기 주제에 피하지 말라고!"

"마, 맞으면 아플 것 같으니까……."

"아앙? 건방지게…… 우연히 피한 거겠지. 지금 바로 건방진 태도를 못 보이게 만들어 주마……!"

아라키는 그대로 아무렇게나 금속 방망이를 휘둘러댔지만, 내 몸에는 스치지도 않았다.

고블린 제너럴처럼 경이적인 위력을 지닌 것도 아니며, 세월이 묻어나는 기술이 있는 것도 아니다.

그저 대충 휘둘러대는 공격이, 나한테 명중할 리가 없다.

"젠장젠장젠장젠자아아아아앙! 피하지 말라고오!"

"아, 아라키? 우리도 끼자!"

아라키의 모습을 보고 당혹스러워하던 다른 불량학생들이 일제히 덤벼들었지만, 숫자가 늘어난다고 해도 공격이 나에게 명중하는 일은 없었다.

아라키 이외의 불량학생들도 특별한 무술을 익히거나 초인적인 스테이터스를 지닌 것도 아니거든.

그뿐만 아니라…….

"우랴앗!"

"커억?!"

"아, 아라키! 뭐하는 거야?!"

"아앙?! 다, 다가온 저 자식 잘못이잖아!"

내가 아니라 같은 편에게 공격이 명중했다.

일부러 같은 편을 때리도록 유도하며 움직였더니, 의외로 성공했다. 이세계에서도 이 기술은 쓸모가 있을 것 같다.

나는 아라키 패거리를 그토록 무서워했는데, 공격을 피하다 보니 공포심이 싹 사라졌다.

공포심이 사라졌으니, 이제는 이세계에서 싸울 때처럼 하면 된다. 주위의 사물을 이용해, 자신에게 유리하게 움직이면 될 뿐이다. 지금 이용할 대상은 다른 불량학생들이다.

자중지란과 헛손질로 아라키 패거리의 체력이 바닥나자, 카오리에게 다가가던 근육질 남자가 그 모습을 보고 짜증 섞인 고함을 질렀다.

"뭐하는 거냐, 이 자식들아! 됐다…… 야! 네가 나서라!"

"네."

아라키 패거리를 밀치며 앞으로 나선 자는 스모 선수 같은 남자였다.

드레드 헤어와 대량의 피어싱을 한 그 남자의 몸집은 다른 불량학생들과는 비교도 안 되었다.

"하하하! 그 녀석은 성격이 너무 거칠어서 스모 업계에서 추방된 녀석이지……. 야, 빨리 저 남자를 해치워 버려."

"운이 없구나, 형씨. 자, 뻗어라!"

스모 선수처럼 덩치가 큰 남자가 날카로운 손바닥 치기를 나에게 날렸다.

하지만…….

"영차."

"어?"

나는 상대의 손목을 잡아서, 손바닥 치기를 막았다.

"이, 이게!"

온 힘을 다한 손바닥 치기가 막힌 덩치남은 다른 손으로 또 손바닥 치기를 날렸다.

그러자 나는 잡고 있던 손을 놓으면서 그 손바닥 치기를 다른 손으로 쳐냈다.

"하앗!"

"커억!"

가볍게 쳐냈을 뿐인데, 압도적인 스테이터스 차이 때문에 상대에게 예상보다 큰 반동이 가해졌다.

"이, 이 자식……!"

방금 그 반동 탓에 거리가 벌어진 덩치남은 분노에 찬 표정을 지으며 나에게 몸통 박치기를 날렸다.

만약 덩치남의 상대가 일반인이었다면, 나는 그 일격에 날아갔을 것이다.

그뿐만 아니라, 그대로 내 몸 위에 올라탄 상대에게 일방적으로 당했을지도 모른다.

하지만 지금의 나는 그 몸통 박치기를 정면에서 막고도 전혀 밀려나지 않았다.

"으, 그그그그그극?!"

덩치남은 지면에 도랑을 만들며 나를 밀쳐내려 했다.

그런데도 내가 꿈쩍도 하지 않자, 근육질 남자가 짜증을 냈다.

"어이! 뭐하는 거냐?! 장난 그만 치고 빨리 죽여버려!"

"아, 네! 끄으으으윽?! 왜, 왜 움직이지 않는 거야……?!"

상대가 몸에 더 힘을 줬지만, 나는 여전히 꿈쩍도 하지 않았다.

대단한걸. 설마 데빌 베어와 고블린 제너럴과 치고받은 결과, 일반인 상대로는 힘으로 밀리지 않게 되다니…….

나는 필사적으로 힘을 주는 덩치남을 보며 그런 생각을 했다.

하지만 계속 이러고 있을 수도 없다. 나는 덩치남의 몸을 팔로 감싸고 가볍게 들어 올렸다.

"하앗!"

"우아아아아아아아아?!"

엄청 간단히 들어 올렸다.

너무 가벼워서 무심코 한 손으로 들어봤지만, 무게가 전혀 느껴지지 않았다.

나는 너무 가벼운 나머지, 무심코 공처럼 가볍게 던지는 동작을 취해 봤다.

"그오오오오오오오오?!"

내가 한 손으로 덩치남을 가볍게 던지며 가지고 놀자, 그는 이 믿기지 않는 상황 속에서 절규를 토했다.

"내 근력은 대체 어떻게 되어 먹은 거야……?"

"사, 살려줘어어어어어어어!"

"아."

"끄아아아아아아아아아아아아아아아?!"

내 손에서 벗어나기 위해 덩치남이 버둥거린 바람에 나는 힘을 제대로 제어하지 못했고, 그는 그대로 내던져졌다.

그러자 덩치남은 꽤 높은 곳에서 지면에 떨어지더니, 그대로 눈을 까뒤집으며 기절했다.

그 광경에 다들 말문이 막혔다. 나도 깜짝 놀랐다.

내가 강해진 것 같다고 생각하긴 했지만, 지구에서는 비상식적일 만큼 강해진 거냐…….

사람 한 명을 마치 야구공처럼 던지다니, 이해가 안 되었다.

하지만 이런 근력을 손에 넣었는데도, 이세계에서는 힘으로 밀리잖아. 더 강해져야만 해.

손을 쥐락펴락하면서 감촉을 확인하고 있을 때, 정신을 차린 근육질 남자가 초조한 듯한 어조로 외쳤다.

"이, 이 자식들아! 선생들보다 저 녀석을 먼저 해치워라!"

"""아, 네!"""

"오오…….."

선생님들을 견제하던 다른 불량학생들이 나를 표적으로 삼으며 몰려들었다.

내가 공격했다간 큰일나겠지? 덩치남 상대로도 그랬고…… 무엇보다, 경찰의 신세를 지고 싶지는 않다. 뭐, 지금 와서 할 소리는 아닌가.

그런고로 자멸을 노려 보겠습니다.

"커억?!"

"얌마, 방해하지 마!"

"너나 방해하지—— 끄악?!"

신중하게 위치를 잡으며 불량학생들의 공격을 아슬아슬하게 피하고, 서서히 숫자를 줄였다.

하지만 숫자가 줄면서 자멸하는 빈도도 줄어들었기에, 슬슬 내가 공격해야 할 것 같았다.

"큭! 됐다. 너희는 물러나! 내가 해치우겠어!"

더는 참을 수 없는 건지, 리더로 보이는 근육질 남자가 나에게 다가왔다.

"이 자식…… 감히 우리 【레드 오거】를 가지고 놀아?! 요타 녀석의 부탁을 떠나서, 너는 내가 죽여버리겠어……."

곤두선 금발에, 아까 덩치남과 마찬가지로 피어싱을 잔뜩 했다. 오른팔에는 불꽃 문신 같은 것을 새겼으며, 걸치고 있는 검은색 재킷의 등에는 붉은색 오니 마크가 그려져 있다.

손가락을 풀며 그런 흉흉한 소리를 한 근육질의 남자는 내 얼굴을 향해 주먹을 날렸다.

"우랴!"

"하앗!"

나는 남자의 주먹을 흘려보내듯 손바닥으로 받아냈다.

"쳇…… 이 자식……!"

그래도 불량 서클의 리더답게, 다른 불량학생들과는 차원이 다른 속도로 연달아 주먹질을 했다.

그 공격 한 방 한 방은 일반인 상대라면 상당한 대미지를 줄 수 있을 것 같았다.

하지만 나는 그 공격을 전부 손바닥으로 받아냈다.

"빌어먹을…… 이 자식, 격투기를 배웠나 보구나!"

실은 격투기를 배운 게 아니라 헌책방에서 발견한 다양한 무술 서적의 내용을 이세계에서 실전을 치르며 자기 것으로 만든 거지만, 그런 소리를 해 봤자 상대는 믿지 않을 것이다. 말할 필요도 없겠지만.

"이제 그만 좀 뻗어라……!"

이제까지 연속으로 주먹질을 날리던 리더 격의 남자가 갑자기 날카로운 발차기를 내 관자놀이를 향해 날렸다.

나는 그것을 깔끔하게 피하면서, 어떤 생각을 했다.

이세계의 마물은 본능에 따라 싸우지만, 인간은 역시 다른걸.

본능적인 공격도 예측이 어렵지만, 저 남자의 공격에는 페인트가 섞여 있었다. 인간이 상대라면 수읽기가 필요했다.

유심히 살펴보니, 눈앞의 남자가 격투기를 하고 있다는 것을 움직임만 보고도 알 수 있다.

마물과의 실전 경험은 있지만 인간과 싸운 경험이 적은 나로서는 근육질 남자를 상대로 그 경험을 조금씩 쌓고 있었다.

헌책방에서 산 무술 서적 중에는 다른 유파와의 시합 등에서 그 유파의 기술을 눈으로 보고 빼앗는다고 적힌 책도 있었다. 써먹을 일이 있을지는 모르지만, 나도 남자의 움직임을 외워뒀다.

"이, 이 녀석?!"

관찰하는 듯한 내 시선에서 뭔가를 느낀 건지, 그는 더욱 격렬하게 공격을 펼치면서 주먹질과 발길질 외에도 잡기 기술을 날리려 했다.

하지만 그 모든 공격을 스치지도 않으며 회피했고, 또한 나는 그 움직임을 눈에 새겼다.

"빌어먹을 자시이이이이이이익!"

정공법으로 절대 이길 수 없다는 것을 눈치챈 남자는 지면의 흙을 움켜쥐더니, 내 얼굴에 뿌렸다.

그 바람에 시선이 차단된 나는 한순간 빈틈을 보였다.

"죽어라아아아아아!"

그 한순간의 빈틈을 놓치지 않은 근육질 남자가 내 얼굴을 향해 이 싸움을 통틀어 가장 강력한 일격을 날렸다.

하지만 그 공격에 반응한 내 몸은 그 일격을 흘려보내더니, 그대로 업어치기를 하듯 리더 격의 남자를 집어던졌다.

"으극?!"

그 남자는 그대로 지면에 내동댕이쳐졌다.

그리고 나는 남자 모델이 덤벼들었을 때처럼 팔을 등 뒤로 돌리면서, 꼼짝도 못 하게 고정했다.

"큭?! 야, 빨리 비켜!"

남자는 팔이 고정된 탓에 꼼짝도 못하는 상황에서 필사적으로 나한테서 벗어나려 했지만, 내 몸은 꼼짝도 하지 않았다.

마침 바로 그때 경찰이 오더니, 다른 선생님들과 힘을 합쳐 불량학생들을 제압했다.

"큭, 이 자식! 놔!"

"빌어먹을!"

불량학생들은 경찰에게 잡혀가면서도 욕지거리를 토했다.

내가 붙들고 있던 근육질 남자도 경찰관에게 넘겨서, 연행하게 했다.

"아, 아니…… 【레드 오거】가……."

눈앞에서 잡혀가는 불량학생들을 본 요타와 소라의 낯빛이 나빠졌다.

이렇게 대부분의 불량학생들이 잡혀가는 것을 보며, 한숨 돌리려고 한 바로 그때였다.

"젠장젠장젠장…… 요타아아아아아아! 너 때문에……!"

"히익?!"

경찰에게 구속되려던 【레드 오거】의 리더 격인 근육질 남자가, 힘으로 구속에서 벗어나더니 그대로 요타를 향해 돌격했다.

그리고 그 기백에 다리가 풀려 꼼짝도 못 하는 요타의 멱살을 잡고 들어 올렸다.

"네가 이딴 계획을 짜지만 않았으면, 우리가 이 꼴이 되지는 않았을 거라고……! 너만은 절대 용서 못 해……."

"이, 이러지 마……!"

"자, 잠깐만! 요타를 놔!"

"시끄러워! 너도 같은 죄다!"

"히익!"

소라는 요타를 놔주라며 남자에게 따졌지만, 근육질 남자의 기백에 완전히 위축되었다.

그리고 그는 핏발선 눈으로 요타를 쳐다봤다.

"됐다. 너는 여기서 목 졸라 죽여버린 후, 저 망할 년도 똑같이 죽여 주마!"

"아아아아아아! 싫어, 싫어어어어어어어! 누, 누가! 누가, 제, 제발, 도와……!"

근육질 남자는 엉망진창이 된 얼굴로 울부짖은 요타의 목을 손으로 움켜잡았다.

경찰들이 막으려고 했지만, 다른 불량학생들이 구속된 채로 날뛰기 시작한 바람에 말릴 사람이 없었다.

그리고 남자가 요타의 목을 조르려던 순간, 나는 어느새 몸이 움직이고 있었다.

"놔."

"어?"

"혀…… 형……?"

나는 그 남자의 팔을 잡은 후, 그대로 요타의 목에서 떼어냈다.

"큭?! 무, 무슨 힘이 이렇게 세?!"

리더 격인 남자는 필사적으로 저항했지만, 힘으로 나한테 밀린 탓에 그대로 요타한테서 떨어졌다.

나도 그 남자를 요타한테서 떼어낸 후, 순순히 팔을 놔줬다.

"커억! 우웩!"

"괜찮아……?"

나는 심하게 기침하는 요타의 등을 문질러 주며 말했다.

그러자 요타는 넋이 나간 표정으로 나를 쳐다보며 중얼거렸다.

"어, 어째서…… 어째서 나를……."

"어째서긴…… 뭐, 동생이잖아."

"윽?!"

내 말을 들은 요타가 매우 충격을 받은 것 같았다.

"이 새끼이이이이이이이! 나를 방해하지 말라고오오오오오!"

근육질 남자는 그런 우리의 행동은 안중에도 없다는 듯이, 요타를 죽이려고 곧장 돌격했다.

하지만――.

"역시, 가족을 버릴 수는 없어."

"앗?! 커억?!"

나는 순식간에 그에게 접근한 다음, 그대로 무방비한 복부에 발차기를 날렸다.

힘을 조절하기는 했지만, 레벨업을 한 내 육체로 날린 발차기의 위력은 어마어마했다. 근육질 남자의 등 뒤로 충격이 빠져나가더니, 공중에 뜬 그를 추격하듯이 나는 공중에서 돌려차기를 날렸다.

그러자 남자는 몇 미터 정도 날아간 후, 지면에 격돌하며 눈을 까뒤집은 채 기절했다.

"""……"""

일련의 일이 벌어진 후, 이 자리에는 정적이 감돌았다.

그리고――.

"""우오오오오오오오오!"""

건물 쪽에서 환성이 터져 나왔다.

"대단해애애애애애!"

"방금 그 움직임은 뭐야?! 대박 아니야?!"

"불량학생들에게 한 대도 맞지 않았지?!"

"체육 시간의 움직임을 보고 운동신경이 대단하단 생각은 했지만, 이 정도일 줄은……."

"나, 사람이 저렇게 날아가는 건 처음 봐!"

이제까지의 소동을 창문으로 보고 있던 학생들이 내 행동에 대해 이야기했다.

그 모습을 보고 있을 때, 카오리가 나를 향해 뛰어왔다.

"유야 씨! 괜찮아요?!"

"아, 응. 괜찮아. 카오리야말로 괜찮은 거야?"

"네? 아, 네! 괜찮아요!"

카오리의 온몸을 훑어봤지만, 딱히 다친 곳은 없어 보였다.

다행이야…… 후회할 일이 생기기 전에, 구했어…….

진심으로 안도하고 있을 때, 카오리도 긴장이 풀린 건지 그 자리에서 쓰러지려고 했다.

내가 허둥지둥 부축해 주자, 카오리는 부끄러운 듯이 배시시 웃었다.

"괜찮아?!"

"에헤헤, 죄송해요……. 안심했더니, 힘이 쭉 빠졌어요."

"형……."

우리가 그러고 있을 때, 요타와 소라가 가라앉은 표정으로 나에게 다가왔다.

그 모습을 본 카오리가 나를 지키듯이 나서려 했지만, 내가 말렸다.

"유야 씨?"

"괜찮아."

카오리를 안심시키려는 듯이 미소를 지어주자, 나는 동생들과 마주했다.

"형…… 왜 나 같은 자식을…… 나는 형을 그렇게 괴롭혔는데……."

"확실히, 나는 정말 괴로웠어. 나보다 우수한 너희 둘을 보며, 몇 번이나 마음이 꺾일 뻔했지. 그래도…… 역시 가족이 위험에 처하면, 도와줘야 한다고…… 생각했어."

남들이 보면, 나는 못말릴 정도로 사람 좋은 녀석일 것이다.

지금까지 일을 생각하면, 보통은 구해주지 않을지도 모른다.

나도, 저들을 용서한 것은 아니다.

할아버지를 무시한 것은 절대로 용서 못 하고, 이제까지 내가 당했던 일을 생각하면…… 어두운 감정이 고개를 치켜들었다.

하지만, 그래도…….

남들에게 물러터진 것처럼 보일지라도, 이게 바로 나다.

나는 가족을 버릴 수 없었다.

내 말을 들은 요타는 눈을 치켜뜨더니, 눈물을 흘렸다.

"나…… 나……! 미안해…… 미안해……!"

울음을 터뜨린 요타의 옆에서 소라도 훌쩍거리고 있을 때, 경찰이 다가와서 두 사람을 연행했다.

그 모습을 지켜보고 있을 때, 카오리가 배려하듯 물었다.

"괜찮겠어요?"

"응?"

"유야 씨는 저 사람들에게 그토록 심한 일을 겪었잖아요…….

그러니까……."

"응. 이런저런 일이 있었고, 나도 쟤들을 용서한 건 아니야."

"……."

"하지만…… 괜찮아. 이게 나야."

"아…… 그렇군요."

내 말을 듣고 뭔가를 느낀 카오리는 한순간 놀라더니, 곧 미소

를 머금었다.

그리고 약간 장난기 섞인 웃음을 띠었다.

"그러고 보니…… 유야 씨가 또 저를 구해줬군요."

"뭐? 아…… 이번에는 제대로 구해준 거려나?"

"이번만이 아니에요. 지난번에도, 유야 씨는 저를 제대로 구

해 주셨어요. 유야 씨는 저의 영웅이에요!"

카오리의 말에 무심코 얼굴을 붉히면서도, 나는 나서길 잘했

다고…… 진심으로 생각했다.

* * *

——그 후, 소동은 금세 정리되었다.

불량학생들은 모두 경찰에 구속된 후, 경찰서로 끌려갔다.

이번 소동의 원인은 요타와 소라가 자기들이 『오세이 학원』에

입학할 수 없다는 사실을 알고 벌인 것 같았다.

아라키를 포함한 【레드 오거】의 멤버들은 원래 행실에 문제가 있기 때문에 고등학교를 퇴학당한 후에 소년원으로 보내졌지만, 요타와 소라는 카오리도 다소 책임을 느낀 탓에 퇴학은 안 당했다. 그래도 이번 일이 내신과 성적에 큰 영향을 줄 것이다.

꽤 큰 소동이었지만, 이사장 덕분인지 매스컴 관련으로 특별한 곤란한 일로 번지지는 않았다.

일 때문에 불량학생들이 쳐들어왔을 때 학교에 없었던 이사장은 사건이 해결된 직후에 돌아왔고, 이번에도 카오리가 위험에 처했다는 것을 알더니 지난번처럼 나에게 매우 고마워했다.

또 보답하겠다고 하셨는데, 나는 이 학교에 다니게 해 준 것만으로도 감사하고 황송할 따름이다.

아무튼, 최종적으로 부상자는 발생하지 않았지만…… 다음 날, 나는 학교에 가는 게 조금 무서웠다.

계기나 경위는 그렇다 쳐도, 그런 식으로 인간을 간단히 걷어차거나 내던졌던 것이다.

그러니 착한 반 아이들에게 공포에 찬 시선을 받을지도 모른다고 생각하니…… 너무 무서웠다.

그런 생각을 하는 사이, 교실에 도착했다.

우울한 기분으로, 조심조심 교실 문을 여니──.

"아, 유야! 어제는 진짜 걱정했다고."

"유야! 다친 데는 없어? 괜찮아?"

"보, 보고만 있는데도 조마조마했어……."

"어? 어?"

료와 신고, 카에데가 몰려들자, 나는 당황할 수밖에 없었다.

그런 나를 향해, 반 아이들도 웃어 줬다.

"유야, 어제는 대단했어!"

"그렇게 많은 불량학생을 상대로 멀쩡할 뿐만 아니라 압승을 거두다니…… 정말 대단해!"

"그런데 그 커다란 남자를 한 손으로 들지 않았어?! 그건 어떻게 한 거야?!"

"그것보다 4층에서 뛰어내렸지?! 정말 괜찮아?!"

"유야! 우리 합기도부에 들어오지 않겠어?!"

"아니, 유도부에 들어와!"

"너희 말이야, 어제 그 발차기 못 봤어?! 당연히 태권도부에 들어와야지!"

나를 대하는 태도는 하나같이 상냥하고, 밝았다.

다들 나를 무서워할지 모른다고 걱정했지만, 다들 내 생각보다 더 상냥하고, 따뜻했다.

이세계에서 레벨업을 하기 전에는, 이런 일도 없었다.

이세계만이 내 마음을 평화롭게 해 준다고 멋대로 생각했지만…… 그렇지 않았다.

나는 레벨업을 했고, 이렇게 마음씨 착한 사람들과도 만났다.

"다들, 고마워!"

──레벨업이 내 인생을 바꿨다.

에필로그

——어느 오피스 빌딩의 한 방.

한 여자가 책상 위에 펼쳐진 유야의 여러 사진을 보면서 자신만만하게 웃었다.

"이런 인재를, 내버려 둘 순 없잖아?"

그렇게 중얼거린 여자는 자리에서 일어나 부하를 한 명 불렀다.

"쿠로사와!"

"부르셨습니까, 사장님."

"맡길 일이 있어. 이 청년과 접촉해 줘."

"알겠습니다."

방에서 나가는 부하를 지켜본 후, 여자는 더욱 진한 미소를 지었다.

"그를 손에 넣는 건, 바로 나야……!"

그런 여자를 보더니, 이 방에 있던 두 인물—— 히카루와 미우가 당혹스러운 표정을 지었다.

히카루와 미우는 어떻게든 유야를 숨기려 했지만, 결국 끝까지 숨기지 못했다.

"사장님…… 유야 군을 어쩔 생각이죠?"

"물론 우리 사무소로 영입할 거야. 요즘 인기 급상승 중인 미우와 유야 군이 있다면, 우리는 더 커질 수 있어!"

"하지만…… 유야 씨의 뜻을 확인해야……."

미우가 조심스럽게 자기 의견을 밝히자, 여자는 놀라서 눈을 치켜떴다.

"이상한 소리를 다 하네. 연예계에 들어올 기회잖아? 이걸 거절하는 인간이 어디 있겠어?"

절대적인 자신감에 찬 목소리로 여자가 말하자, 미우만이 아니라 히카루도 더 말하지 못했다.

"후후후…… 텐죠 유야…… 빨리 내 눈으로 보고 싶어……."

* * *

장소가 바뀌고, 지구에서 유야와의 접촉을 도모하는 인물이 나타났을 즈음, 아르세리아 왕국에서는 어떤 소문이 퍼지고 있었다.

"어이, 들었어?"

"응. 렉시아 님 말이지?"

"그래. 지난번 시찰에서 무슨 일이 있었나 본데, 그 관련으로 【대마경】에 간다네."

"신기하네. 【대마경】은 모험가도 얼씬거리지 않는 장소잖아. 강한 마물만 있고, 영약의 소재가 있는 것도 아닌데……."

"그 【대마경】에 사는 사람이 있어서, 렉시아 님은 그 인물을 만나러 간다더라고."

"뭐?! 그런 장소에 사람이 산다는 거야?! 아니, 왜 만나러 가는 건데?"

"그것까지는 모르겠지만…… 혹시 그런 인간이 있다면, 엄청난 괴짜일 거야."

유야가 모르는 곳에서, 그 존재는 소문이 되어 퍼지고 있었다.

* * *

"자, 오늘도 이세계에 가 볼까."

동생들과의 사건으로부터 얼마 후, 나는 오래간만에 이세계에 가기로 했다.

나는 숲을 계속 탐색하고 있지만, 고블린 제너럴 때처럼 이세계 사람과 만나지는 못했다.

"뭐, 언젠가는 만나겠지."

언젠가는 숲 밖으로 나가 이세계를 관광하고 싶다고 생각하면서, 나는 식사 등을 마치고 이세계에 갔다.

옛날의 나라면 마주치기만 해도 죽었을 마물에게, 나는 싸움을 걸었다.

그것은 내가 강해졌기 때문이며, 아직 더 강해질 수 있다고 생각하는 내가 이 세상에서 살아가기 위한 힘을 얻기 위한 수행이기도 했다.

"하얏!"

"그오오오오!"

그래서, 도중에 블러디 오거와 마주친 나는 처음 만났을 때와는 다르게 적극적으로 싸움을 펼쳤다.

전력을 다해 파고든 후, 지면에 커다란 균열을 만들며 【전검】을 휘두르자, 블러디 오거는 어떻게든 저항하려는 것처럼 강인한 팔을 휘둘렀다.

"하아아아!"

"그가아아아아아아!"

하지만 나는 그 팔을 벤 후, 그 기세로 뛰어오르면서 블러디 오거를 머리부터 일도양단했다.

내가 별 무리 없이 착지하는 것과 동시에, 블러디 오거는 빛의 입자가 되어 사라졌다.

"흐음…… 어?"

해치운 블러디 오거의 드롭 아이템을 회수하고 있을 때, 【기척 감지】 스킬이 반응했다.

하지만 그 반응은 하나가 아니라, 여럿이었다.

"뭐지?"

그 기척의 정체가 궁금해진 내가 【동화】로 기척을 숨긴 채 이동해서, 마침내 목적지에 도착해 보니――.

"그아아아앗!"

"그오오오오!"

"젠장! 고블린 엘리트 무리와 마주치다니……!"

"이 숲은 대체 어떻게 된 곳이야?! 한 마리만 나타나도 위협적인데……!"

"입 놀리지 마라! 무슨 수를 써서라도 렉시아 님을 지켜야 한다!"

네 마리나 되는 고블린 엘리트와, 일전에 이 숲에서 봤던 병사들이 싸우고 있었다.

그들 중에서 중년 기사가 고블린 엘리트 한 마리를 홀로 상대하고 있었지만, 다른 병사들은 그럴 수가 없는지 위태위태하게 겨우 버티고 있었다.

저 병사들의 소속뿐만 아니라 적인지 아군인지도 모르지만, 도와줘야겠지…….

나는 【동화】를 발동시킨 채 고블린 엘리트 한 마리에게 다가간 후, 그대로 【전검】으로 목을 쳤다.

"어?!"

"이, 이게 무슨…….”

고블린 엘리트를 공격하면서 【동화】 스킬이 해제되었지만, 나는 개의치 않으며 물 흐르듯 다른 고블린 엘리트의 심장에 【전검】을 찔러넣었다.

"그아아아아아!"

그제야 정신을 차린 다른 고블린 엘리트가 공격을 했지만, 나는 냉정하게 그 공격을 간파하며 날아오는 대검을 몸을 살짝 돌려서 아슬아슬하게 피했다. 그리고 상대의 팔을 따라 파고든 후, 【전검】으로 목을 벴다.

"우, 우와아…….”

"뭐가 어떻게 된 거야⋯⋯."

"저 사람이 렉시아 님께서 말씀하신 인물인가?"

마지막 한 마리를 상대하려고 고개를 돌리고 보니 마침 중년 기사가 해치웠으니까 내 도움은 필요없을 것 같다.

자아⋯⋯ 이제부터 어떻게 하지?

일단 도와주기는 했지만, 나는 이 사람들을 잘 모르는데⋯⋯ 게다가 병사들도 나를 경계하는 것 같고⋯⋯.

말을 걸기 좀 그런 분위기라 이대로 사라질까 생각하고 있을 때, 중년 기사가 나에게 말을 걸었다.

"미안하군. 자네 덕분에 살았어. 고맙다."

"어?! 아, 아뇨. 신경 쓰지 마세요. 우연히 지나가던 참이었거든요⋯⋯."

"그래⋯⋯. 하지만 설마 진짜로 존재할 줄은⋯⋯."

"네?"

중년 기사가 팔짱을 끼며 생각에 잠기는 듯한 반응을 보이자, 다른 병사들도 소곤거리기 시작했다.

"지, 진짜로 있었어⋯⋯."

"그럼 저 사람이야?"

"그럴 거야. 고블린 엘리트 여럿을 혼자서 해치웠는걸⋯⋯."

"렉시아 님과 나이가 비슷해 보이는데⋯⋯."

"그것보다 저 옷차림과 분위기⋯⋯ 어딘가의 귀족일까⋯⋯?"

"으음?"

그런 병사들을 보며 당혹스러워하고 있을 때, 병사들 사이에서 한 소녀가 튀어나왔다.

"앗!"

그 소녀는 일전에 고블린 제너럴에게 습격당했던 소녀였다. 그때는 흙으로 범벅이 되어 있었지만, 지금은 몰라볼 정도로 아름다운 모습을 하고 있었다.

그런 여자애는 내 모습을 보자마자 눈을 확 뜨더니——.

"저, 저기!"

"아, 네?!"

"——결혼해 주세요!"

"⋯⋯⋯⋯⋯⋯⋯⋯⋯네?"

말도 안 되는 소리를 꺼냈다.

〈2권에서 계속〉

후기

이번에 이 책을 구매해 주셔서 정말 감사합니다.

작가인 미쿠라고 합니다.

이 작품은 인터넷 소설 투고 사이트 「카쿠요무」에 투고되었으며, 그 사이트에서 개최된 콘테스트의 현대 판타지 부문에서 대상을 받아서 이렇게 서적화가 되었습니다.

인터넷 연재용으로 투고된 내용에서 가필과 수정이 있으며, 연재판 내용보다 완성도가 꽤 높아졌다고 생각합니다.

이 작품을 쓰면서 이제까지 의식한 적 없는 점과 새로운 발견을 여럿 할 수 있었으며, 작가로서 조금 성장했다고 생각합니다.

현재, 대학교 4학년이 된 저는 내년에 대학을 졸업하며, 꿈을 이루기 위한 준비를 한창 하고 있습니다.

그래서니 인터넷 연재도 갱신해야 한다고 생각하면서도 좀처럼 시간을 내지 못해, 독자 여러분에게 정말 송구합니다.

최대한 빨리 갱신할 수 있도록 노력하겠습니다.

마지막으로, 이 자리를 빌려 관계자 여러분에게 감사 인사를 드리고 싶습니다.

카쿠요무 Web 소설 콘테스트 선고 위원 여러분. 대상을 받았을 때, 정말 기뻤습니다. 제 작품을 선정해 주셔서 감사합니다.

담당 편집자님. 회의에 익숙하지 않은 저에게 작품을 더 좋게 만들기 위한 어드바이스를 해 주신 덕분에, 이렇게 인터넷 연재 때보다 완성도가 높은 작품을 만들 수 있었습니다. 정말 감사합니다. 아직 익숙하지 않은 부분이 있어 폐를 끼치는 일도 있겠습니다만, 앞으로도 잘 부탁드립니다.

쿠와시마 레인 님. 캐릭터들을 멋지게, 그리고 귀엽게 그려주셔서 정말 감사합니다. 일러스트를 받고, 정말 감동했습니다. 앞으로도 잘 부탁드립니다.

그리고 이 작품을 읽어 주신 독자 여러분. 부족한 부분이 많다고 생각합니다만, 독자 여러분이 조금이라도 더 재미있게 느낄 수 있도록 정진하겠습니다.

독자 여러분과 다시 뵙는 날을 고대하고 있겠습니다.

미쿠

이세계에서 치트 스킬을 얻은 나는
현실 세계에서도 무쌍한다
~레벨업이 인생을 바꿨다~ 1

2023년 02월 25일 제1판 인쇄
2023년 03월 02일 제1쇄 발행

지음 미쿠
일러스트 쿠와시마 레인

옮김 이승원

발행 영상출판미디어(주)
등록번호 제 2002-000003호
주소 07551 서울특별시 강서구 양천로 570 NH서울타워 19층
전화 032-505-2973(代)

ISBN 979-11-380-2433-4
ISBN 979-11-380-2432-7 (세트)

ISEKAI DE CHEAT SKILL WO TE NI SHITA ORE WA, GENJITSU SEKAI WOMO MUSO SURU
~LEVEL UP WA JINSEI WO KAETA~
©Miku, Rein Kuwashima 2018
First published in Japan 2018 by KADOKAWA CORPORATION, Tokyo
Korean translation rights arranged with KADOKAWA CORPORATION, Tokyo.

구매 시 파손된 도서는 구매처에서 교환하실 수 있습니다.
기타 불편사항, 문의사항이 있으신 독자님께서는 노블엔진 홈페이지
[http://novelengine.com] 에서 Q&A 게시판을 이용해 주시기 바랍니다.

노블엔진(NOVEL ENGINE)은 영상출판미디어(주)의 라이트노벨 및 관련서적 브랜드입니다.